FRIESENTOD

Nordseekrimi

Aaronis Collection

Über den Autor

Edna Schuchardt, vielen Leserinnen und Lesern besser als Ednor Mier bekannt, geboren in Berlin, wollte eigentlich Sängerin werden. Um ihr Studium zu finanzieren, schrieb sie Kurzgeschichten für verschiedene Illustrierte und eine große Berliner Tageszeitung. Nach einem turbulenten Jahr in London, diversen Auftritten mit einer Band und einigen Jahren als ‚Familienmanagerin' wandte sie sich ganz dem Schreiben zu. Seit 1986 arbeitet sie als freie Autorin für verschiedene deutschsprachige Verlage und hat in dieser Zeit über 400 Romane, Kurzgeschichten und Reportagen veröffentlicht.

Ihre erschienenen Romane:
‚Küss mich, Lügner', ‘Küss mich Mörder' und
‚Verlangen'(Plaisir d`Amour)
‚Janusliebe' Ubooks-Verlag
‚Friesenfeuer' (Aaronis Collection 2009)

Homepage: www.ednor-mier.de

Impressum:

Aaronis Collection, 71546 Aspach
und Ednor Mier
Coverfoto: www.fotolia.de
ISBN: 978-3-936524-33-8

Für Gisela, Mrs. Ortho, die meine Fehler kennt und mir trotzdem nicht die Freundschaft kündigt.

Ganz nach dem Motto:

"Ware Freundschafft kennt kaine Rechtschreipfähler".

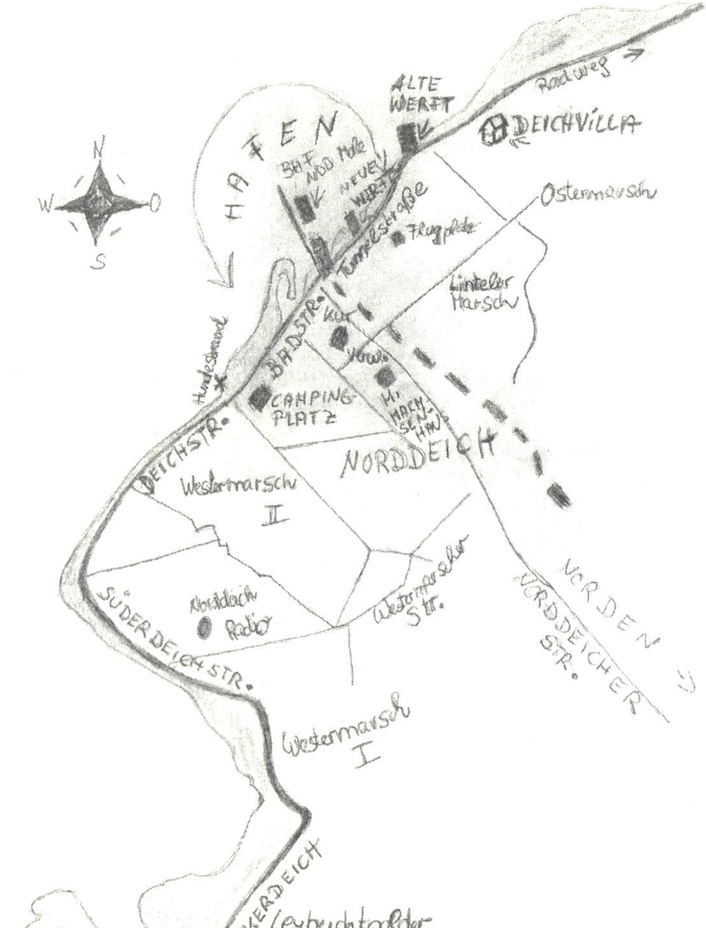
N
W
O
S
HAFEN
ALTE WERFT
Radweg
DEICHVILLA
NEUE WERFT
Ostermarsch
Flugplatz
Linteler Marsch
BADESTR.
Kurhaus
Hundestrand
CAMPINGPLATZ
DEICHSTR.
NORDDEICH
Westermarsch II
Norddeich Radio
Westermarscher Str.
SÜDERDEICHSTR.
NORDEN
NORDDEICHER STR.
Westermarsch I
STÖRTEBEKERDEICH
Leybuchtpolder
Greetsiel

Prolog

Norden-Norddeich im Winter 1886

Sie weinte nicht mehr. Er würde sie sowieso nicht hören, egal ob sie schrie, mit den Fäusten gegen die Wände hämmerte oder mit den Füßen um sich trat. Er hatte sie hierher gebracht, um sie nie wieder abzuholen. Zwar wusste sie nicht genau, was das Wort "*TOD*" bedeutete, doch sie wusste, dass er oder es auf sie wartete und sie ihm nicht entkommen konnte.

Resigniert kauerte sie sich auf den feuchtkalten Boden, umschlang mit dem linken Arm ihre Knie und ließ mit der rechten Hand den kleinen rotgelben Gummiball aufspringen, den er ihr als einziges gelassen hatte.

Während sie den Ball wieder und wieder aufspringen ließ, summte sie die kleine Melodie vor sich hin, die ihre Mutter ihr immer vor dem Schlafengehen vorgesungen hatte.

"Schlaf Kindchen, schlaf..."

Norden-Norddeich im Sommer 2009

Das Mondlicht war kalt und weiß wie ein Leichentuch, das sich gleichmäßig über das Land gelegt hatte und die Büsche und Bäume schwarz und bizarr wie Scherenschnitte aus der Hand eines leicht morbid veranlagten Künstlers aussehen ließ.

Das Grundstück wirkte schon am Tage düster und abweisend. Jetzt, beschienen von diesem kalten weißen Mondlicht, sträubten sich bei seinem Anblick auch weniger phantasiebegabten Menschen die Nackenhaare.

Der leichte Wind, der durch das Buschwerk strich, ließ die Blätter leise rascheln. Es war ein unaufhörliches Wispern und Tuscheln von Millionen winziger Lebewesen, die um ihn herumhuschten und sich über ihn lustig machten.

Anders die Bäume, die ihre schwarzen Äste anklagend dem fahlen Mond entgegenstreckten. Sie erinnerten den nächtlichen Besucher an Tote, die dem Mond ihre ewige Verdammnis klagten. Jetzt bereute er es, hierher gekommen zu sein. Am liebsten hätte er kehrt gemacht und wäre davongerannt, so schnell ihn seine alten Füße trugen, stattdessen stolperte er vorwärts, immer tiefer hinein in diesen verwunschenen, unheimlichen Garten, in dem es nach Tod und Verderben roch.

Ein Nachtvogel strich über seinen Kopf hinweg. Er spürte den sanften Schwingenschlag, glaubte fast, dass die Federn sein Haar berührten. Vor Schreck trat er neben den holprigen Weg und sofort griffen tausend Rankenhände nach seinen Knöcheln, als wollten sie ihn in die Dunkelheit und Feuchte des Unterholzes zerren. Es gab ein hässliches Geräusch als er sich losriss und der morsche Stoff seiner Hosen zerriss.

Er musste verrückt gewesen sein, als er sich mit dieser verhexten Villa als Treffpunkt einverstanden erklärt hatte. Aber die Gier nach dem Geld und der Wunsch, das Geschäft so diskret wie nur möglich abzuhandeln, waren größer gewesen als die Angst vor diesem unheimlichen Ort. Jetzt wünschte er allerdings, dass er auf einem helleren, freundlicheren und vor allem überschaubareren Platz bestanden hätte.

Doch es gab kein Zurück mehr. Während er sich den holprigen Weg zu der Villa entlang tastete, kamen ihm die Erzählungen seiner Großmutter und der alten "Spökenkieker" in den Sinn, denen er geglaubt hatte, wenn er als Kind abends mit ihnen um den alten Ofen im Fährhaus gesessen hatte. Die Fischer in ihren blauweißen Hemden hatten gerne ihr Seemannsgarn gesponnen, wenn sie am Tresen saßen und ihr Bier und ihren "Upwarmer" oder "Snaps" tranken. Er hatte es geliebt, ihren Geschichten zu lauschen. Umgeben vom Rauch ihrer Pfeifen und dem Geruch von Schnaps und Bier, der tief in die Dielen und Wände der alten Kneipe eingedrungen war, mit dem Bewusstsein, dass ihm hier nichts Böses geschehen konnte, hatte er die Worte in sich eingesogen, wie die Wände den Geruch. Nachts, eingemummelt in sein dickes, warmes Federbett, hatte er sich die Erzählungen wieder zurückgeholt und den Schauder genossen, den sie in ihm auslösten. Jetzt lösten sie ein kaltes Grauen in ihm aus und er versuchte, die Erinnerungen zu verdrängen, doch sie nisteten wie Krähen in seinem Kopf und verwoben sich mit der Realität dieser nächtlichen Umgebung.

Er hatte die steinerne Treppe erreicht und blieb kurz stehen, um Luft zu holen. Dann eilte er die Stufen hinauf, rasch, als würde ihm jemand folgen. Doch es waren nur seine Angst und das Wissen, dass ihn der Mut verlassen würde, wenn er sich für seinen Weg allzu viel

Zeit ließ.

Das schwere Eichenportal war nicht verschlossen. Das war es nie, denn es gab hier in der ganzen Gegend niemanden, der freiwillig einen Fuß in die Villa gesetzt hätte. Das Haus war verflucht, sagten die alten Leute und auch die Jungen machten einen großen Bogen darum.

Die Angeln knirschten und stöhnten, als er sich gegen den schweren Türflügel lehnte und ihn aufschob. Ein beißender Geruch nach Vogelexkrementen, vermischt mit dem Staub der Jahrzehnte, schlug ihm entgegen. Automatisch schlug er die Hände vor Mund und Nase und hielt gleichzeitig den Atem an.

Er musste sich zwingen, die Halle zu betreten. Als er drei, vier Schritte getan hatte, fiel die Tür hinter ihm ins Schloss. Der dumpfe Knall hallte durch die leeren Räume und verlor sich zitternd in den Tiefen des riesigen Hauses.

Zitternd vor Angst tasteten seine Hände nach der Taschenlampe, die er vorsorglich in den Hosenbund gesteckt hatte. Gleich darauf enthüllte der Lichtkegel einen schwarzweiß gefliesten Fußboden. Er hob die Lampe. Der helle Fleck wanderte nun an dem geschnitzten Geländer empor, das die wuchtige Treppe begleitete, die in die oberen Etagen führte.

Es war absolut still. So still, dass er seinen eigenen Herzschlag hörte. Tastend, einen Schritt nach dem anderen über die Fliesen gehend, immer darauf gefasst, dass seine Schuhe gleich etwas Ekliges berühren könnten, ging er weiter in die Halle hinein, wobei der Lichtstrahl der Lampe an den Wänden entlang glitt und die weißen Flecken offenbarte, über denen einmal wertvolle Gemälde gehangen hatten.

Plötzlich spürte er, dass er beobachtet wurde. Das

Gefühl verursachte ihm eine Gänsehaut, die sich von seinem Kopf über den Rücken und die Arme bis hinunter zu seinen Füßen ausbreitete. Wisperte da nicht jemand? War da nicht ein leichter Luftzug?

Er war nicht fähig weiterzugehen. Wie angewurzelt stand er mitten in der Halle und lauschte mit vorgerecktem Kopf auf die Geräusche, die allmählich im Haus erwachten. Da – er hielt den Atem an – er hörte es genau, da war ein seltsam schleifendes Geräusch irgendwo in den Zimmern über ihm. Dann herrschte wieder Stille und dann, als er schon glaubte, seine Sinne hätten ihm einen Streich gespielt, erklang ein kurzes, scharfes *Tok*, etwa so, als würde jemand einen kleinen Ball aufspringen lassen.

Seine Nackenhaare sträubten sich vor Grauen, während er angestrengt in die Tiefen des Hauses lauschte.

Tok, machte es noch einmal, diesmal etwas näher. Und dann noch einmal *Tok*. Danach herrschte Stille.

Seine Muskeln waren so verspannt, dass sie schmerzten. Doch er konnte sich nicht rühren, um sie zu entlasten. Er konnte nur dastehen und mit diesem kalten Grauen, das ihm den Magen zusammenschnürte auf das nächste Tok warten, das – dessen war er sicher – irgendwann erklingen würde.

Das Gefühl, beobachtet zu werden, war jetzt so stark, dass er meinte, die Blicke auf der Haut zu spüren. Sie krabbelten wie eine giftige Spinne seinen Rücken hinauf und bissen sich in seinen Hinterkopf immer tiefer hinein, als wollten sie sein Gehirn aussaugen.

Verdammt, wo blieb der Kerl denn nur? Sie waren für elf Uhr hier verabredet gewesen. Sicher war es jetzt bereits halb oder sogar schon dreiviertel zwölf. Wieso kam der verdammte Bastard nicht endlich?

Tok! Das Geräusch war jetzt direkt im Stockwerk

über ihm. Er fuhr herum und rannte zum Portal zurück, dann fiel ihm ein, weshalb er hier war und er zog die Hand, die er bereits nach der geschmiedeten Klinke ausgestreckt hatte, wieder zurück. Sollte er sich dieses Geschäft durch die Lappen gehen lassen, nur weil er plötzlich an Omas Geistergeschichten denken musste?

Zum Teufel noch mal, er war ein erwachsener Mann! Er glaubte nicht mehr an die Spukgeschichten der alten Tratschweiber und Fischer. Geld, das war eine reale Sache. Kein aufspringender Ball, den seine Phantasie ihm vorgaukelte.

Er drehte sich um und kehrte in die Mitte der Halle zurück. Das Geräusch war verstummt, es herrschte wieder diese Stille, in der er das Blut in seinen Ohren rauschen und seine eigenen, schweren Atemzüge hören konnte.

Plötzlich legte sich etwas Schweres auf seine linke Schulter. Die Berührung ließ für den Bruchteil einer Sekunde seinen Herzschlag stocken, bevor der Muskel losraste als wollte er seine eigenen Schläge überholen. Er fuhr herum und richtete den Lichtstrahl der Taschenlampe auf die Person, die ihn unter spöttisch hochgezogenen Brauen musterte.

"Ach, du bist es!", entfuhr es ihm erleichtert. Nie zuvor war er so froh gewesen, ein menschliches Wesen zu sehen, wie in diesem Moment. "Mein Gott, du hast mir vielleicht einen Schrecken eingejagt!"

Und genau in diesem Augenblick hörte er das Geräusch erneut. Es war jetzt am oberen Treppenabsatz. Er wirbelte herum, der Lichtstrahl der Lampe folgte seiner Bewegung und blieb an den Treppenstufen haften. Und dann sah er es: Ein bunter Kinderball kam Stufe für Stufe hinuntergehüpft.

Tok, Tok, Tok...

Er wich zurück, bis er mit dem Rücken gegen die Person stieß, die ihn verwundert beobachtete.

"He!" Er drehte sich zu dem Menschen herum und ballte die Fäuste. "Was soll der Unsinn?"

Im nächsten Moment explodierte etwas in seinem Kopf. Ein gewaltiges Dröhnen folgte, das alle anderen Geräusche und Empfindungen auslöschte. Er spürte nicht einmal, dass er fiel und dass sein Körper hart auf die Kacheln aufschlug. Er lag nur da, starrte verwundert in die Dunkelheit, die ihn umgab. Und dann hörte er plötzlich das Lachen eines Kindes. Leicht und hell schien es durch die leeren Räume zu tanzen und ihn zu verspotten.

Tok...

Der Ball hüpfte die letzten Stufen hinunter in die Halle.

Tok, Tok, Tok...

Das letzte *Tok*, bevor das bunte Spielzeug über die Kacheln davon rollte, war zugleich auch das letzte Geräusch, das er in seinem Leben vernahm.

Jenny und Svenja saßen beide im Schneidersitz auf dem Bett und sahen zu wie ihre Tante Jeanette ein Kleidungsstück nach dem anderen in den großen Koffer legte.

"Musst du denn wirklich schon wieder verreisen?", fragte Svenja traurig, als sie sah, dass Jeanette den Kofferdeckel zuschlug und die Schlösser einschnappen ließ.

Sie richtete sich auf und sah ihre kleine Nichte liebevoll an.

"Ach, mein Schätzchen, nun sei doch nicht so krümelig." Sie versuchte das Mädchen mit einem Lächeln aufzumuntern, doch Svenjas Miene blieb trübe. "Erstens war ich fast ein ganzes Jahr zu Hause und zweitens bleibe ich ja nicht für lange fort. Zu deinem Geburtstag nächsten Monat bin ich wieder da."

"Ich find's trotzdem doof", maulte nun auch Jenny, Svenjas jüngere Ausgabe und zugleich die perfekte Zweitausgabe ihrer Mutter Antonia, die im Nebenhaus wohnte. Detlef Brunner, der Vater der beiden Mädels, hatte die Familie vor zwei Jahren Knall auf Fall verlassen und war nach Berlin gezogen, wo er mit seiner Lebensabschnittsgefährtin in einer riesigen Altbauwohnung lebte. "Es ist langweilig, wenn du nicht da bist."

"Ach, das stimmt doch gar nicht!", wehrte Jeanette lachend ab. "Wenn ich hier bin, sitze ich die meiste Zeit an meinem PC und denke mir neue Geschichten aus. Ihr seht mich dann oft wochenlang nicht."

"Aber wir wissen, dass du in der Nähe bist und wir dich sehen können, wann immer wir möchten", erwiderte Svenja und dieser Logik hatte Jeanette absolut nichts entgegenzusetzen.

Es stimmte, die Mädchen konnten jederzeit zu ihr kommen, selbst wenn sie im drängendsten Abgabestress steckte. Sie taten es allerdings nur äußerst selten, weil sie wussten, dass ihre Tante ungestört sein wollte, wenn sie arbeitete, wofür Jeanette die beiden noch mehr liebte als sie es ohnehin schon tat.

"Hört zu." Sie ließ den Koffer im Stich und setzte sich zu den Schwestern aufs Bett. "Ich freue mich so sehr auf die Hochzeit von Paulina und Daniel. Mein Kommen absagen zu müssen, weil meine beiden kleinen Lieblingsnichten mich nicht reisen lassen wollen, würde mir wirklich sehr schwer fallen. Und Paulina und Daniel wären sicher schrecklich traurig darüber."

"Oh nee, das wollen wir nicht!", versicherte Svenja ernsthaft und Jenny nickte bestätigend. "Du brauchst ja auch mal Ferien."

"Ja!" Treuherzig sah Jenny ihre Tante an. "Immer sitzt du nur an deinem Computer und gehst nie raus. An der Nordsee, sagt Mami, pustet dir der Wind den Kopf frei."

"Ja, das tut er." Lachend schlang Jeanette beide Arme um ihre Nichten und drückte sie an sich. "Und ich verspreche euch, dass ich ganz oft draußen sein werde und dabei an euch denke."

"Und uns eine Karte schicken", erinnerte Svenja sie ernsthaft. "Ich möchte bitte eine mit einem großen, weißen Schiff drauf."

"Und ich eine mit einem Seehund!", rief Jenny, während sie aufgeregt auf dem Bett auf und ab hüpfte. "Und eine mit einer Windmühle. Bitte, Tante Nette, ja, das machst du doch?"

"Klar doch", versprach Jeanette liebevoll. "Und ich bringe euch auch etwas Hübsches mit."

Sie rutschte vom Bett und blieb, den Finger nachdenklich an die Nasenspitze gelegt, davor stehen.

"Mal sehen, habe ich alles?" Sie blickte auf die Gepäckstücke, die neben der Tür standen. "Laptop, CDs, die dicke Jacke, der Regenmantel, zwei dicke Pullover, mein Partykleid, Jeans, Shirts, steckt alles im Koffer. Die Wanderschuhe, Sandalen und die Gummistiefel liegen schon im Auto und das Beautycase packe ich morgen früh. Okay, es ist alles da."

"Deine Absatzschuhe fehlen noch!" Jenny deutete auf die schicken Pumps, die Jeanette sich extra für die Hochzeit gekauft hatte.

"Oh, danke, Schatz!" Eilig nahm Jeanette das Paar an

sich und legte es in den Koffer. "Fällt euch sonst noch was ein?"

"Dein Handy." Der Rat kam von Antonia, die gerade das Schlafzimmer betreten und Jeanettes Aufzählungen gehört hatte. "Ich weiß, ich weiß, du magst die Dinger nicht. Aber manchmal sind sie doch recht nützlich."

"Wann?" fragte Jeanette spöttisch.

"Zum Beispiel, wenn man auf der Landstraße mit einem kaputten Reifen liegen bleibt." Antonia grinste fröhlich. "Und erzähle mir jetzt bitte nicht was von Telefonzellen. Es gibt keine mehr. Wir sind im einundzwanzigsten Jahrhundert, Süße, da haben sogar schon Babys Handys."

"Es ist gut, ich nehme das blöde Teil mit", gab Jeanette sich geschlagen. Sie ging in ihr Büro, um das tragbare Telefon unter dem Wust an Büchern und Papieren zu suchen, der sich auf ihrem Schreibtisch stapelte. Ein Blick auf das Display verriet ihr allerdings, dass es so leer war wie die Geldbörse eines Bettelmönchs.

"Okay, ich lade es auf", seufzte sie und begab sich auf die Fahndung nach dem Ladegerät. "Diese doofen Dinger machen echt nur Ärger. Sie klingeln in den unpassendsten Momenten und wenn man sie wirklich mal braucht, sind sie entweder leer oder man hat kein Netz."

"Wie lange fährst du eigentlich bis nach Norden?", erkundigte sich Antonia, um die Rede von dem verhassten Telefon abzubringen.

"So fünf, sechs Stunden." Jeanette stöpselte das Handy ein und legte es auf den Nachttisch, damit sie es gleich morgen sah und einstecken konnte. Dann drehte sie sich zu Jenny und Svenja herum. "Und jetzt gehen wir alle zusammen Pizza essen."

Die Kinder hüpften vom Bett und sprangen wie Gummibälle im Zimmer herum.

"Au ja!" Vor Freude klatschten sie in die Hände. "Ich will eine mit ganz viel Käse!", verkündete Svenja und ihre kleine Schwester wollte eine Salamipizza, "aber eine mit ohne Zwiebeln!"

"Und ich gehe rüber und kaue an meinen Karotten", verkündete Antonia, bemüht um einen fröhlichen Ton, der ihr jedoch misslang. "Zwei Kilo müssen unbedingt noch runter."

"Ach, komm!" Jeanette legte ihr den Arm um die Schultern und zog sie mit sich in die Diele.

Detlef Brunner hatte seinen Wunsch nach Trennung unter anderem damit begründet, dass Antonia nach Jennys Geburt so auseinandergegangen sei und er dicke Frauen nun mal unerotisch fände. Seitdem kasteite Antonia sich mit einer Diät nach der anderen und besuchte regelmäßig das Fitnessstudio. Der Gedanke, unbedingt rank und schlank sein zu wollen wie ein Teenager, war inzwischen zu einer fixen Idee geworden, von der Jeanette ihre Schwester unbedingt abbringen wollte, bevor diese Hungerkuren ernsthafte gesundheitliche Schäden anrichteten.

"Verdirb uns und dir nicht den Spaß mit deinen ewigen Diäten. Genieß endlich wieder das Leben", ermahnte sie Antonia deshalb auch streng. "Essen und Trinken sind nicht nur Notwendigkeiten, sondern sie sind auch Genüsse, die man sich nicht ständig versagen sollte. Im übrigen bist du wirklich nicht zu dick."

"Nein, das stimmt." Antonia seufzte. "Ich bin für mein Gewicht nur zu klein."

"Vergiss es einfach!", befahl Jeanette, während sie ihre Schwester hinter sich aus der Wohnung zog.

Willig ließ Antonia es geschehen. Sie freute sich auf eine wagenradgroße Pizza. Die Karotten und Kohlrabi hingen ihr nämlich meterlang zum Hals heraus.

Nach zwei Tassen Kaffee und einigen Scheiben Toast fühlte Jeanette sich am nächsten Morgen fit für die Reise. Sie packte die letzten Kleinigkeiten in die Tasche, die neben der Tür stand, überzeugte sich davon, dass alle Geräte ausgeschaltet waren und verließ die Wohnung.

Sie liebte es, am frühen Morgen loszufahren und mitzuerleben, wie das Land langsam erwachte. Sie war gerne unterwegs. Nach den vielen Stunden am Schreibtisch zog es sie nach draußen, um neue Ideen und Charaktere zu sammeln, die ihr auf ihren Reisen überall begegneten.

Im Player lag eine ACDC-CD, vor ihr das schier endlose Band der Autobahn A3, die sie zunächst durch Rheinland-Pfalz und das Ruhrgebiet führte, wo wie immer reger Berufsverkehr herrschte.

Als sie auf die A31 wechselte, den so genannten "Ostfriesenspieß", ließ die Hektik schlagartig nach. Teilweise befand Jeanette sich über Kilometer hinweg ganz alleine auf der Autobahn.

Die Wegweiser neben der Fahrbahn verkündeten jetzt so ungewohnte Namen wie "Rheine, "Leer" oder "Papenburg". Bereits bei Rheine tauchte die erste Windmühle auf, doch Jeanette fuhr weiter, bis sie das Schild mit der Aufschrift "EMDEN" erreichte.

Sie folgte dem Hinweis, nahm schließlich die Ausfahrt Emden Mitte und drosselte ihr Tempo, um sich dem Strom der Wagen anzupassen, die der B210 in Richtung Norden/Norddeich folgten.

Es war eine breite Straße, die zum Schnellfahren

verführen wollte. Jeanette wusste, dass rechts und links der Fahrbahn diese hübschen Säulen standen, die wie Kunstwerke aussahen, aber Blitzanlagen verbargen, die jeden Raser freundlich fotografierten und das Bild gleich an die Bußgeldstelle schickten.

Die Landstraße führte jetzt schnurgerade in Richtung Aurich, vorbei an saftig grünen Weiden auf denen schwarzweiße Kühe oder wolligweiche Schafe grasten. Überwütig winkte Jeanette dem schiefen Kirchturm von Surhuusen zu, den sie bereits vor zwei Jahren für ihren Reiseführer von allen Seiten und aus den verschiedensten Blickwinkeln fotografiert hatte.

Endlich kam der Abzweig nach Norden in Sicht. Jeanette wechselte die Spur und reihte sich auf der Linksabbiegerspur ein, um der Norderstraße zu folgen, die ebenfalls pielgerade durchs Land schnitt.

Bei ihrem letzten Besuch hatte sich Ostfriesland in graue Herbstnebel gehüllt. Jetzt blühte und grünte es überall in den Gärten und vor den Fensterbänken der rotverklinkerten Häuser. In einer Hofeinfahrt stand ein riesiger Kranz, geschmückt mir silbernen Blumen und Schleifen. Eine dicke 25 und der Türbogen aus Silberstreifen verrieten jedem, der hier vorbeikam, dass in diesem Hause eine Silberhochzeit gefeiert wurde. Sicher würde auch an Paulinas und Daniels Haustür bald so ein Bogen hängen als Gruß und Geschenk aller Nachbarn und Freunde des Paares.

Im Stillen hoffte Jeanette darauf, dass die Freunde sie zum Bogenbinden einladen würden, denn das war immer eine feuchtfröhliche Angelegenheit, die die Leute schon mal tüchtig auf das kommende Fest einstimmte.

Norden präsentierte sich ebenfalls im schönsten Blütenschmuck. Jeanette mied den Abzweig auf die Umgehungsstraße, die direkt zu den Schiffsanlegern führte, und folgte der Norderstraße, die in die Stadt und weiter nach Norddeich führte. Erfreut sah Jeanette, dass der Pappkapitän immer noch an der Straße stand und alle Besucher mit einem Schild begrüßte, auf dem "Moin!" stand.

Ein Stück weiter spreizten zwei Mühlen ihre Flügel, deren Stellung verkündete, dass der Müller heute Ruhetag hatte. Weiter ging die Fahrt vorbei an der Marktkirche und dem alten Postamt, und dann wieder schnurgeradeaus in Richtung Norddeich, das immer mehr mit der Stadt Norden zusammenwuchs.

Ihr Ziel war die ehemalige Poststation von Hermine Harmsen, die man Ende der Siebzigerjahre zu einem behäbigen Wohnhaus umgebaut hatte, in dem inzwischen auch drei Ferienwohnungen Platz fanden. Hermine begrüßte Jeanette mit der ihr üblichen Herzlichkeit, die das allgemein herrschende Bild des wortkargen, zurückhaltenden Friesen Lügen strafte. Jeanette hatte kaum die Türglocke betätigt, da flog auch schon die schöne alte Friesentür auf und Miene fiel ihr lachend um den Hals.

"Komm rein, komm rein, das Teewasser steht schon auf dem Herd." Ehe Jeanette sich versah, saß sie auch schon in der großen Küche. "Ich hab Streuselkuchen gebacken", plapperte Miene munter drauflos. "Oder soll ich dir ein Brot machen? Wie war denn die Fahrt hierher? Hattest du Stau? Und hast du gesehen, die Umgehungsstraße ist jetzt fertig? Warst du schon am Hafen?"

Jeanette lehnte sich zurück, ließ den Strom an Worten an sich vorüberziehen und genoss es, hier in dieser gemütlichen Küche zu sitzen, mit Tee und Kuchen verwöhnt zu werden und zu fühlen, wie die Hektik der vergangenen Wochen und Monate Stück für Stück von ihr abfiel.

Der Kandis knisterte leise, als Miene den heißen Tee darüber goss. Die Sahne bildete das berühmte "*Wölkche*", der Kuchen auf dem riesigen schwarzen Blech duftete. Die Welwar in Ordnung, zumindest hier drinnen in dieser gemütlichen Friesenküche.

In diesen ersten Stunden nach ihrer Ankunft war Jeanette seit langem mal wieder wunschlos glücklich.

Ein paar Urlauber hatten sich trotz ständiger Warnungen mal wieder ins Watt gewagt. Fenna schob beim Anblick der Familie, die unbeschwert im Schlick herumstapfte, ärgerlich die Brauen zusammen. Da trampelten sie im Naturschutzgebiet herum, störten die Vögel, die hier brüteten und nach Nahrung suchten, und nachher konnte die Mannschaft der "Kassen Knigge" sie von einer der Rettungspoller herunterholen, weil sie die Schnelligkeit der einlaufenden Flut unterschätzt hatten.

Es war immer dasselbe. Die Leute waren zum Teil so unvernünftig, dass man sie am liebsten geschüttelt hätte, bis ihr Verstand zu arbeiten begann. Fenna fürchtete, dass manche von ihnen überhaupt keinen besaßen.

Immer noch verärgert ging sie weiter. Doch der Anblick des Watts, das der Sonnenschein wie poliertes Silber glitzern ließ, vertrieb sehr rasch die zornigen Gedanken.

Fenna liebte die Spätnachmittagsstunden, in denen sich ganz allmählich Ruhe über das Land senkte. Das Watt gehörte dann den Wattläufern und Austernfischern (wenn nicht gerade mal wieder ein Tourist durchlatschte), die tiefstehende Sonne färbte es zunächst silbern, dann in allen erdenklichen Rottönen. Die schneeweißen Wolken am Himmel schienen so tief zu hängen, dass man glaubte, sie mit den Fingern berühren zu können.

"Ostfriesland, das Land des tiefen Himmels", ging es Fenna durch den Sinn, während sie langsam auf der Deichkrone dahinschritt. Irgendwo hatte sie diesen Ausspruch mal gelesen. Er traf genau zu. Hier war alles weiter, heller, klarer als anderswo. Und obwohl sie in ihrem Leben schon weit gereist war und viele schöne und interessante Städte gesehen hatte, zog es sie doch immer wieder in ihre alte, friesische Heimat zurück.

Komisch, überlegte sie, dabei hat das Land unserer Familie noch nie wirklich Glück gebracht – Stopp, nein!, gebot Fenna ihren Gedanken Einhalt. Das stimmte nicht. Es ist nicht das Land oder die See, die uns Unglück gebracht haben, sondern...

"Fenna! Der Zuruf ließ ihren Gedankenstrom abreißen. "Hallo, Fenna Jessen!"

Sie blieb stehen, drehte sich um und trat einen Schritt zur Seite, damit der Radfahrer, der sich näherte, an ihr vorbeifahren konnte. Doch er hielt direkt vor ihr und legte die Unterarme auf den Lenker.

"Moin, Fenna." Ibo strahlte sie mit unverhohlener Bewunderung an. "Na, vor dem Abendessen noch ein bisschen die Seeluft genießen?"

"Ja, genau." Fenna wandte sich um und sah über das Watt. Ganz weit hinten, in einem leichten Dunstschleier halb verborgen, konnte sie die Inseln Juist und Norderney erkennen. Eine Frisia-Fähre nahm gerade Kurs auf die Hafeneinfahrt von Norderney. "Appetit holen." Sie lächelte Ibo zu, dessen Blick auf ihr ruhte. "Und du?" Fennas Blick erfasste die Tasche, die im Gepäckkorb stand. "Bist du im Einsatz?"

"Jau." Ibo nahm die Arme herunter und richtete sich auf. "Bei der Imke von den Janssens gibt's Komplikationen. Das Kalb hat sich wahrscheinlich quergelegt."

"Dann wünsch' ich dir und Imke viel Glück." Fenna lächelte freundlich, aber Ibo wollte sich noch nicht so rasch verabschieden.

"Sach an, stimmt's, dass du eventuell einen Käufer für die Villa gefunden hast?" Als Tierarzt kam Ibo weiter herum und Neuigkeiten verbreiteten sich in dieser ländlichen Gegend, wo jeder jeden kannte, sowieso schneller als jede Sonderausgabe des Ostfriesen-Kuriers. Deshalb wunderte es Fenna auch nicht, dass Ibo bereits von dem Angebot der Hotelkette wusste.

"Ja, das stimmt", gab sie deshalb unumwunden zur Antwort. "Aber es haben noch keine Verhandlungen stattgefunden. Das Unternehmen hat erst mal unverbindlich angefragt, ob das Areal zum Verkauf stünde und mir ein erstes Preisangebot gemacht."

"Denkst du darüber nach?"

"Ja." Fenna wandte sich wieder dem Watt zu, das jetzt einen Goldton angenommen hatte. Der Dunst vor den Inseln hob sich, die Frisia war nur noch wenige Meilen von der Hafeneinfahrt entfernt. "Seatours ist ein umweltbewusstes Unternehmen, das nicht nur mit seinem naturschonenden Tourismus wirbt, sondern es auch tatsächlich praktiziert. Sie werden hier bestimmt keine lärmende Bettenburg errichten."

"Nach so einem Unternehmen hast du doch gesucht", stellte Ibo fest, dem der Name der Hotelkette durch verschiedene Publikationen bekannt war. Außerdem hatte Seatours im vergangenen Jahr einen begehrten Umweltpreis erhalten, den bisher nur sehr wenige Touristikunternehmen bekommen hatten. "Dann drück ich dir mal die Daumen, dass ihr euch einig werdet."

"Nun, warten wir es ab." Fenna wandte sich um, nachdem sie gesehen hatte, dass die Fähre den Hafen erreicht hatte. "An Seatours verkaufe ich jedenfalls lieber als an Tillmann Henken. Der kriegt die Deichvilla auf gar keinen Fall, egal, wie viel er mir dafür bietet."

"Gut so." Ibo grinste wie ein kleiner Junge, der gerade die Finger in die Zuckerdose gesteckt hatte. "Henken hat hier schon genug Schaden angerichtet."

Sie gingen weiter, jeder mit seinen eigenen Gedanken beschäftigt. Plötzlich blieb Ibo stehen und sah Fenna an.

"Gehst du am Samstag mit mir nach Greetsiel zum Hafenfest?"

Fenna legte den Kopf schief. Ihre Augen musterten den jungen Mann eingehend, in dessen blonden Haaren der Wind spielte. Sie mochte ihn. Sie mochte ihn sogar sehr. Sie wusste jedoch, dass es für sie beide keine Zukunft geben würde – geben dürfte! Deshalb behandelte sie ihn stets mit einer gewissen Zurückhaltung.

"Ich weiß es noch nicht", wich sie deshalb aus. "Ich arbeite im Moment an einem sehr wichtigen Auftrag. Vielleicht... mal sehen... wenn ich weiterhin gut vorankomme..."

"Vergiss doch mal deine Arbeit", versuchte Ibo sie zu überreden. "Schau, ich lasse meine Schweine, Schafe und Kühe doch auch im Stich, wenn du mit mir zu dem Fest gehst. Man kann nicht immer nur arbeiten, arbeiten und noch mal arbeiten."

"Ja, aber du hast einen Bruder, mit dem du dir die Arbeit teilst", erinnerte Fenna ihn lächelnd. "Ich kann meine Aufträge an niemanden delegieren. Das heißt, ich kann es schon, aber dann ist mein Verdienst und wahrscheinlich auch mein Auftraggeber weg."

"Ach, Fenna." Ibo gab sich keine Mühe, seine Enttäuschung zu verbergen. "Gehst du dann wenigstens mal mit mir auf ein Bier zu Horst und Edith in den Fährkeller?"

"Ja, das können wir gerne mal machen." Ein Abend im Fährkeller war ungefährlich. Da ging es immer laut und fröhlich zu und in Horsts Anwesenheit kamen garantiert keine romantischen Gefühle auf. "Wir machen demnächst mal was aus, ja? Du musst jetzt du los, sonst kommt das Kalb noch ohne dich auf die Welt."

"Leider nicht." Ibo seufzte, wobei Fenna nicht genau wusste, ob es aus Sorge um die Kuh Imke geschah oder ein Ausdruck seiner Enttäuschung war.

Er umfasste den Lenkergriff, gab dem Rad einen Stoß und radelte davon. Unterwegs drehte er sich einmal um und winkte zu Fenna zurück, die den Gruß erwiderte.

Langsam ging sie weiter, während ihre Blicke dem Radler folgten, der sich rasch entfernte. In Höhe des Hundestrandes war er nur noch als winziger Fleck zu erkennen, der schließlich nach links abbog, dem Radweg den Deich hinunter zur Straße folgte und schließlich ganz aus Fennas Blickfeld verschwand.

Sie hätte seine Einladung zum Hafenfest gerne angenommen.

Er hatte den MP-3Player so leise gestellt, dass er immer noch die Geräusche der Umgebung hören konnte. So war die Musik zwar kein wirklicher Genuss, doch Onno Henken wollte nicht, dass sein Vater ihn dabei erwischte, wie er träumend auf dem Bett lag und Mozart hörte.

Träumen und klassische Musik waren für Tillmann Henken reine Zeitverschwendung, mit denen sich kein Cent verdienen ließ. Nur Schwule und Versager hörten seiner Meinung nach solche Sachen. Die malten auch, spielten Klavier, schrieben Gedichte und lasen Goethe und Schiller. Anständige Kerle bauten Häuser, vögelten alles, was bei drei nicht auf den Bäumen saß, und sahen zu, dass sie immer auf der Gewinnerseite standen.

Sein Sohn stand leider nie auf der Seite der Gewinner und mit einer Frau hatte er bisher auch noch nie was zu tun gehabt. Letzteres vermutete Tillmann nur, denn seinem Vater gegenüber versuchte Onno, wenigstens in diesem Punkt das Image des "ganzen Kerls" aufrechtzuerhalten. Aber in ganz Norden und Umgebung kicherte und tratschte man darüber, dass die Mädchen nichts von dem blassen jungen Mann mit dem flackernden Blick wissen wollten. Nicht mal das rattenscharfe Cabrio, mit dem er vor den Discos vorzufahren pflegte, und das Geld seines Vaters konnten die jungen Mädchen in Onnos Arme locken.

Während die Musik durch seinen Kopf tanzte, fragte Onno sich wieder einmal, weshalb er nicht als Sohn eines Fischers oder Werftarbeiters zur Welt gekommen war. Oder, noch besser, als der Sohn eines Lehrers oder Musikers. Dann hätte er seinen Leidenschaften sicherlich ungestört nachgehen können, ja, man hätte sie sogar gefördert und ihn nicht als Versager, Schlappschwanz und schwule Memme beschimpft.

Ja, er hätte sogar Musiker, Schauspieler oder Schriftsteller werden können...

Draußen wurde eine Autotür zugeschlagen. Es gab nur einen Menschen, der eine Tür so zudonnerte und das war Tillmann Henken, Bauunternehmer und Selfemade-Millionär, der weder Manieren besaß noch etwas von

Kunst und Kultur verstand. Dafür besaß er eine Villa in Norden, eine Finca in der Nähe von Ampuria Brava und in seiner Garage standen ein Jaguar und ein Mercedes.

Hastig schaltete Onno den MP-3Player aus, schob ihn unter die Matratze und eilte die Treppe ins Erdgeschoss hinunter. Er kam gerade recht, um seinem Vater den schweren Aktenkoffer abzunehmen.

"Was machst du am Wochenende?", bellte Tillmann, während er aus seinem Jackett schlüpfte und es achtlos über einen Garderobenhaken warf.

"Ich... äh... weiß noch..." Mit linkisch wirkenden Bewegungen stellte Onno den Koffer neben das Sideboard. Die Anwesenheit seines Vaters, sein barscher Ton, verunsicherten ihn wie üblich und schnürten ihm die Kehle zu.

"Ich verstehe, du tust wie immer nichts." Tillmann ging in den Salon. Durch eine große Schiebetür gelangte man auf eine riesige Terrasse, auf der wuchtige Gartenmöbel standen. Eine bunte Markise schützte die Nutzer vor allzu intensiver Sonnenbestrahlung, riesige Oleanderbüsche und Yuccapalmen in Kübeln lieferten die Illusion südlicher Gefilde.

Tillmann schenkte weder dem schönen Anblick noch der eleganten Ausstattung des Wohnraums Beachtung. Für solche Dinge hatte er keinen Blick und sie interessierten ihn auch nicht.

"Für Eleganz, Geschmack und all diesen Firlefanz ist meine Frau zuständig", pflegte er zu sagen, wenn Gäste das ausgesuchte Ambiente des Hauses lobten. "Ich bin derjenige, der das nötige Kleingeld verdient, damit sie sich diesen ganzen Schnickschnack leisten kann."

Jetzt trat er an den Barwagen, wählte unter der ansehnlichen Zahl der Flaschen eine aus und schüttete reichlich von dem edlen Cognac in eines der bauchigen

Gläser, die auf der zweiten Etage des Wagens standen.

Er nahm sich nicht die Zeit, sich zu setzen. Den Blick auf den Garten gerichtet, ohne ihn wirklich zu sehen, hob Tillmann das Glas an die Lippen, leerte es in einem Zug und füllte er sofort aufs Neue.

Endlich drehte er sich um.

"Du gehst am Sonnabend mit Fenna Jessen zum Hafenfest in Greetsiel", teilte er seinem Sohn mit, der verunsichert an der Tür stehen geblieben war. "Es ist allerhöchste Zeit, dass du in der Sache mal etwas Handfestes unternimmst. Sie verhandelt mit Seatours."

"Sie kann mich nicht leiden", flüsterte Onno eingeschüchtert. "Ich habe wirklich versucht..."

"Versucht!" Tillmann schnaubte verächtlich. Seine Augen musterten Onno wie ein ekliges Insekt, das sich anschickte, an seinem Hosenbein hochzukriechen. "Versucht", grollte Tillmann noch einmal und drehte seinem Sohn den Rücken zu. "Das ist es ja eben. Du versuchst dies und versuchst das. Und was bringt es ein? Nichts. Du bist ein totaler Versager."

"Ja, Vater." Onno ließ den Kopf hängen.

"Ja, Vater", äffte Tillman ihn nach. "Herrgott noch mal, Junge, jetzt reiß dich mal zusammen!" Er knallte das Glas auf den Onyx-Couchtisch und holte tief Luft, um sich zu beruhigen. "Nun hör mir mal gut zu, Onno. Du musst bei Fenna Jessen etwas forscher rangehen. Sie ist keine von denen, die man mit einem Strauß Gänseblümchen erobert. Die will einen ganzen Kerl, der ihr zeigt, wo's in sein Bett geht. Also setz dich verdammt noch mal in dein teures Auto, das ständig in der Garage herumsteht, fahr zu ihr und sag ihr, dass ihr am Sonnabend zusammen ausgeht. Und frag sie erst gar nicht, verstanden? Sie muss wissen, dass sie keine Wahl hat."

"Ja, Vater", sagte Onno erneut und fühlte sich noch

elender als vorher.

"Mach einmal, ein einziges Mal in deinem Leben etwas richtig." Tillmann riss sich die Krawatte herunter und begann, sein Hemd aufzuknöpfen. "Ich verlange wirklich nicht viel von dir. Im Grunde musst du nur das tun, was für andere Männer in deinem Alter überhaupt kein Problem ist. Also komm mir ja nicht an und erzähle, dass Fenna dich nicht mag oder sonst so einen Unsinn."

"Ja, Vater." Onnos Haltung drückte Unterwerfung aus, in seinem Inneren brodelte jedoch ein lang gehegter Groll, der sich von Tag zu Tag steigerte.

Mit sechzehn, siebzehn Jahren, also in einem Alter in dem alle Jugendlichen gegen die Eltern und alles Althergebrachte revoltieren, hatte Onno einige Male versucht, sich dem strengen Diktat des Vaters zu widersetzen. Aber all diese Versuche waren an Tillmanns aggressiver Autorität gescheitert, die den damals noch halben Knaben mit schmerzhaften und vor allem zutiefst demütigenden Strafen belegt hatte. Nach einer Nacht, die Onno gefesselt auf einem Brett kniend vor seinem Bett verbracht hatte, war dessen ohnehin nur schwacher Widerspruchsgeist endgültig erloschen.

So schluckte er auch jetzt seinen bitteren Zorn hinunter und wandte sich um, um das Zimmer zu verlassen. Der barsche Zuruf seines Vaters ließ ihn wie angenagelt unter der Tür stehen.

"Wenn ich sage, dass etwas getan werden soll, dann meine ich damit, dass es *sofort* erledigt werden soll."

Onno schluckte mühsam den dicken Kloß hinunter, der sich in seiner Kehle gebildet hatte und ihm das Schlucken und Sprechen schwer machte.

"Ja, Vater", nuschelte er trotzdem, obwohl er wusste, dass Tillmann keine Antwort erwartete. Er hatte einen

Befehl gegeben und diesen hatte der Sohn auszuführen, basta! Alternativen gab es nicht.

Den Seufzer unterdrückend, der ihm in der Brust steckte, machte Onno kehrt und verließ endgültig das Wohnzimmer.

In diesem Moment gab er zum ersten Mal in seinem Leben vor sich selber zu, dass er seinen Vater hasste und das aus tiefstem Herzen!

Nach der Teestunde bei Miene Harmsen machte Jeanette sich auf den Weg zu Paulina Monnard, die in einem der kleinen, ehemaligen Fischerhäuschen wohnte, die direkt am Deich standen. Nur durch eine schmale Straße von diesem getrennt, konnte man vom Küchenfenster aus den ganzen Tag die Schafe beobachteten, die das Gras des Deiches kurz hielten. Und auch die Touristen, die auf der Krone entlangspazierten, lieferten immer wieder neue Geschichten, die den Einheimischen den notwendigen Gesprächsstoff lieferten, wenn diese abends bei Horst und Edith im "Fährkeller" am Tresen saßen und ihr Bier tranken.

Miene Harmsen hatte ihren Sohn schon vor Tagen damit beauftragt, eines der Fahrräder, die immer in der Garage für ihre Gäste bereitstanden, zu überholen. Jeanette schnappte sich das schwarze Ungetüm und radelte damit die Norddeicher Straße hinauf in Richtung Hafen, der inzwischen umgebaut worden war.

Wo früher die Schiffe nach Norderney abgefahren waren, befand sich jetzt der Anleger für Juister Fähren. Den Wirtschaftshafen hatte man vergrößert und eine riesige An- und Ablegestelle für die Schiffe nach Norderney gebaut, die Jeanette an die Mautstellen in Frankreich oder Spanien erinnerte.

Die Touristen, die ihre Ferien auf der Insel verbringen wollten, mussten so nicht mehr durch den Ort fahren, sondern sie konnten die Umgehungsstraße nutzen, die direkt zum Anleger führte. Hier konnten sie, ohne ihre Wagen verlassen zu müssen, direkt bis an eines der Kassenhäuschen fahren, ihre Fahrkarten kaufen und dann auf eine der Fähren fahren, von denen in den Hauptreisezeiten ständig zwei bis drei am Pier lagen.

Auch jetzt herrschte hier laute, hektische Betriebsamkeit. Lastwagen warteten darauf, vom Lademeister eingewiesen zu werden. Autos fuhren, wie an einer Kette aufgereiht, auf die Frisia XI, die in wenigen Minuten ablegen sollte, Fußgänger drängten an Bord, um einen möglichst schönen Platz in den Salons zu ergattern, und Radfahrer schoben ihre teilweise hoch mit Gepäck beladenen Räder über die Gangway aufs Schiff. Doch trotz aller Hektik ging die Beladung rasch und ohne Zwischenfälle vonstatten.

Jeanette war stehen geblieben, um beim Beladen der Fähre zuzusehen. Weiter draußen näherte sich bereits die Frisia V, wie Jeanette meinte, an den Aufbauten erkennen zu könnte. Ganz sicher war sie sich nicht, denn es war fast zwei Jahre her, seit sie die Fähren für ihren Reisebericht fotografiert hatte. Wenn sie sich recht erinnerte, war die Frisia V die einzige Fähre mit einem breiten Brückenaufbau.

Jeanette wartete, bis die Frisia XI abgelegt hatte, dann stieg sie wieder auf ihr Rad und strampelte am Industriehafen vorbei, in dem die Krabbenkutter entladen wurden, in Richtung Deich weiter.

Die Flut hatte eingesetzt. Ein Austernfischer hüpfte

auf den Wellen und scherte sich weder um Jeanette noch um die Schafe, die vom Deich aus zu ihm herunterblökten.

In der Fahrrinne zwischen Norddeich und Norderney tuckerte die Kassen Knigge in Richtung Inseln. Wahrscheinlich holte sie einen Urlauber ab, der ins Krankenhaus musste, oder sie befand sich auf Kontrollfahrt.

Seit Jeanette vor zwei Jahren einen großen Reisebericht über Norden geschrieben und ein Kapitel davon der Seenotrettung gewidmet hatte, liebte sie das kleine Rettungsschiff und hatte große Achtung vor der Mannschaft, die schon viele, viele Menschen aus höchster Lebensgefahr gerettet hatte.

Langsam fuhr Jeanette weiter, verließ den Deich und folgte schließlich dem Radweg, der direkt in die Fischersiedlung führte, in der Paulina lebte.

Das Häuschen war klein, aber innen weitaus geräumiger als es von außen vermuten ließ. Im Vorgarten blühten Rittersporn, Lupinen und zwei große Rosenstöcke, deren Blüten im Licht der Spätnachmittagssonne wie aus Porzellan gefertigt wirkten.

Paulina musste am Küchenfenster gestanden und nach Jeanette Ausschau gehalten haben, denn noch bevor diese das kleine Gartentor erreicht hatte, flog die Haustür auf und Paulina kam lachend auf die Freundin zugelaufen.

"Jeany, Jeany!" Sie fiel Jeanette einfach um den Hals und drückte sie, dass Jeanette für ein paar Sekunden die Luft wegblieb. Dann trat Paulina einen Moment zurück, um die Freundin zu betrachten. "Mensch, Jeany!" Ihre Augen leuchteten vor Wiedersehensfreude. "Dass du wirklich da bist! Ich kann es noch gar nicht richtig glauben."

"Na hör mal, eure Hochzeit will ich doch miterleben." Jeanette lachte fröhlich. "Das Ereignis lasse ich mir nicht entgehen. Lass dich mal anschauen. Ja, du strahlst genauso, wie man es von einer Braut so kurz vor der Hochzeit erwartet."

"Ich bin schon total aufgeregt", vertraute Paulina ihr an, während sie sich bei Jeanette einhakte und mit ihr zum Haus ging. "Es ist noch so viel zu tun und zu erledigen. Ach, manchmal denke ich, dass ich bei meinem Plan hätte bleiben sollen, nur eine ganz kleine, intime Feier zu veranstalten."

"Na ja, da wären eure Familien bestimmt traurig gewesen."

Sie traten ein. Der Duft nach Kräutern, Tee und Blüten begrüßte Jeanette wie ein alter Bekannter. In diesem Moment wurde ihr bewusst, wie sehr sie sich nach Ostfriesland und den Menschen dort gesehnt hatte.

"Oh je, das hätte Dramen gegeben", plapperte Paulina munter, während sie Jeanette auf die Terrasse hinausführte. Beim Anblick der unzähligen Blumen, die den kleinen Garten in ein wahres Paradies verwandelt hatten, blieb Jeanette unwillkürlich stehen.

"Mensch, ist das schön!" Sie drehte sich Paulina zu, die neben ihr stand. "Du hast nicht nur grüne Daumen, sondern grüne Hände. Wie machst du das, dass bei dir alles so prächtig wächst und gedeiht?"

Paulina hob die Schultern.

"Ich spreche mit den Pflanzen." Sie deutete zu dem kleinen Tisch, auf dem Gläser und eine große Karaffe mit selbstgemachter Limonade standen. "Setz dich und dann erzähle mir, wie es dir in den letzten beiden Jahren ergangen ist. Und wie die Fahrt hierher war. Bist du gut durchgekommen?"

"Super." Jeanette nahm Platz. "Keine Staus, kein zähfließender Verkehr. Ich war in genau sechs Stunden hier."

"Das ist eine gute Zeit." Paulina schenkte Limonade ein und holte eine Platte mit belegten Broten aus der Küche. "Klönfutter", meinte sie augenzwinkernd, als sie das Tablett auf den Tisch stellte. "Die Krabben kommen übrigens direkt vom Kutter. Ich habe sie gestern beim Krimigucken gepuhlt."

Jeanette griff beherzt zu. Es war einfach schön, hier inmitten des blühenden Gartens zu sitzen und die Ruhe zu genießen, die höchstens von dem tiefen "Tuut" aus dem Signalhorn eines der Fährschiffe oder dem Kreischen der Möwen gestört wurde, die über das Haus flogen.

Obwohl die Freundinnen in ständigem Mailkontakt standen und mindestens einmal pro Woche miteinander telefonierten, gab es noch vieles, das sie sich während der kommenden Stunden zu erzählen hatten.

Als die Dämmerung langsam den Himmel dunkel färbte, entzündete Paulina die Kerzen, die in bunten Gläsern auf der Terrasse standen.

"Ist dein Brautkleid eigentlich schon fertig?", wollte Jeanette wissen, als die Freundin wieder Platz genommen hatte.

"Fast." Versonnen sah Paulina in die Kerzenflamme vor ihr auf dem Tisch. "Nächste Woche muss ich zur letzten Anprobe."

"Ich bin schon total gespannt drauf." Jeanette lachte leise. "Lass mich raten, es ist etwas ganz Romantisches mit viel Spitzen und einem langen Schleier."

"Stimmt." Paulina erwiderte das mit einem neckenden Schmunzeln. "Woher weißt du das?"

"Ich kenne dich halt." Jeanette nahm sich eine Krabbe, die auf das Tablett gefallen war, und schob sie sich in den Mund. "Jedenfalls ein bisschen." Sie wurde ernst.

"Was macht deine Schwester eigentlich?"

Ellen Monnard war das ständige Sorgenkind der Familie. Besser gesagt, war sie Paulinas Sorgenkind, die ihr immer wieder aus irgendeiner Patsche helfen musste, in die sie sich in ihrer sorglosen Naivität hineingestürzt hatte. Nach der letzten Eskapade, die sie alle drei beinahe das Leben gekostet hatte, war Ellen jedoch ein wenig vorsichtiger geworden.

"Ach, Ellen." Paulinas Miene war bei dem Gedanken an ihre jüngere Schwester ernst geworden. "Sie wird wohl nie richtig erwachsen werden. Mittlerweile ist sie bei der Wahl ihrer Partner etwas vorsichtiger. Die Erfahrung mit diesem Sektenführer hat ihr gereicht."

Jeanette lief unwillkürlich ein kalter Schauer über den Rücken, als sie an dieses "Abenteuer" dachte, bei dem sie gemeinsam mit Paulina und deren Verlobten Daniel Beekmann versucht hatten, Ellen aus den Fängen einer obskuren Sekte zu retten. Das war jetzt zwei Jahre her, Jeanette träumte nachts ab und zu immer noch von dem düsteren Sektenführer und dem Feuer, in dem sie alle hatten umkommen sollen.

"Und was macht Ellen jetzt?", fragte Jeanette, um die Schatten zu vertreiben, die plötzlich in dem mittlerweile nachtdunklen Garten zu lauern schienen.

"Sie besucht tatsächlich seit eineinhalb Jahren eine Schauspielschule und tritt sogar hin und wieder an einem kleinen experimentellen Theater in Berlin auf." Paulina zog die Füße hoch, stellte sie auf dem Rand ihres Gartensessels ab, und umschlang die Knie mit beiden Armen.

"Kommt sie zu eurer Hochzeit?"

"Ja." Paulina nickte. "Zusammen mit meinen Eltern." Sie verzog die Lippen. "Ellen ist und bleibt nun mal ihr Prinzesschen. Sie lesen ihr nach wie vor jeden Wunsch von den Augen ab. Aber ich glaube, dass Ellen sich allmählich ein bisschen freistrampelt und wenigstens ab und zu versucht, alleine zurechtzukommen."

Jeanette beugte sich vor, um Paulina direkt ins Gesicht schauen zu können.

"Trotz allem bedrückt dich etwas." Das war keine Frage, sondern eine Feststellung, die Jeanette in der ihr eigenen Direktheit ruhig aussprach.

Für ein, zwei Sekunden spiegelte sich Erstaunen in Paulinas Augen, dann senkte sie die Lider und seufzte.

"Ich habe wieder diese Träume."

Ihr Geständnis versetzte Jeanette einen nicht gelinden Schrecken. Sie wusste, dass Paulina bereits seit ihrer Kindheit unter dem "zweiten Gesicht" litt. Und "litt" war genau der richtige Ausdruck, denn sie sah in ihren Träumen Dinge, die man lieber nicht wissen wollte. Nach den schrecklichen Ereignissen, die sie vor zwei Jahren er- und überlebt hatte, hatten diese Träume aufgehört. Wenn sie jetzt zurückgekehrt waren, konnte es nur bedeuten, dass irgendwo etwas Schlimmes passierte oder noch passieren würde.

"Hat es mit deiner Hochzeit zu tun?", forschte Jeanette behutsam.

Paulina schüttelte den Kopf.

"Nein." Sie sprach leise, aber Jeanette verstand sie trotzdem. "Ich sehe immer nur die Deichvilla und..." Sie schluckte. "Ach, lass uns von etwas anderem sprechen. Dieses Haus ist verflucht und vielleicht spüre ich diesen Fluch, weil ich aufgeregt bin und sich mein Leben durch die Hochzeit ändern wird. Es muss nicht unbedingt etwas Schlechtes bedeuten."

Jeanette stellte keine weiteren Fragen, obwohl sie zu gerne gewusst hätte, was es mit dieser "Deichvilla" auf sich hatte. Doch sie wollte die Freundin nicht noch mehr beunruhigen. Vielleicht ergab sich ja später die Gelegenheit, Paulina danach zu befragen. Oder Miene Harmsen wusste Näheres.

Also schluckte Jeanette die Worte hinunter, die ihr bereits auf der Zunge lagen, und schnitt ein anderes Thema an. Doch die gelöste Stimmung, in der sie sich befunden hatten, war verflogen.

Anna Kühneweiß knetete nervös die Bügel ihrer Handtasche als wären sie aus Gummi. Sie sahen schon ganz zerknautscht aus, aber sie knetete weiter, während sie zugleich unruhig auf dem harten Stuhl herumrutschte, den ihr einer der Beamten hingestellt hatte.

"Seit wann ist dein Mann denn nu' schon verschwunden?", erkundigte sich der Polizist, der die Vermisstenanzeige aufnehmen sollte, wobei er Anna intensiv ansah, was sie nur noch nervöser machte.

"Seit eener Weeken." Anna ließ den Verschluss ihrer Handtasche aufschnappen und entnahm ihr ein Taschentuch, mit dem sie sich über die Augen fuhr. "Mien Gott, Hinnak, du, ihr alle, ihr kennt mien Mattes doch. Wenn er auf Sauftour ist, sehe ich ihn oft tagelang nicht. Aber so lange war er noch nie weg. Noch nie!"

"Is' ja gut, Anna", versuchte Hinnak die aufgeregte Frau zu beruhigen. "Wer weiß, in welcher Kneipe uns Mattes mal wieder herumsitzt. Hast du mal im Fährkeller in Norddeich nachgefragt oder in der Schaluppe? Da ist er doch auch immer gerne."

"Ach, Hinnak, ich hab' inzwischen all' Kneipen zwischen Emden und Aurich angerufen", schluchzte Anna unglücklich. "Zu ein paar bin ich sogar hingefahren, um zu schauen, ob Mattes da irgendwo vorm Tresen liegt. Aber ich habe ihn nich' gefunden, keen Mensch hat ihn gesehen und keen Mensch weis, wo ihn steckt."

"Wann hast du ihn denn das letzte Mal gesehen?"

Lina sah den Polizisten erstaunt an. Das hatte sie ihm doch schon gesagt!

"Nee, ich meine, wann genau in der letzten Woche hast du ihn gesehen?", konkretisierte Hinnak seine Frage, als er den ratlosen Blick seines Gegenüber bemerkte.

"Am Mittwochabend", antwortete Anna, eifrig darum bemüht, die Suche nach ihrem Gatten voranzutreiben. "Es war so gegen elf, halb zwölf nachts, da stunn er vor der Tür." Sie schlug die Hände vors Gesicht und weinte laut auf. "Ach Gott, hätt' ich ihn doch bloß nur reingelassen!"

"Du hast ihn nicht eingelassen?"

Anna schüttelte den Kopf, ohne die Hände herunterzunehmen.

"He war doch mal wieder voll wie'n Ferienzug", konnte Hinnak ihrem Gestammel und Geschniefe entnehmen. "Ich hab' gesagt, dass er seinen Rausch woanders ausschlafen kann. So dreckig und stinkend käm' er mir nicht ins Haus."

"Und was hat Mattes dann gemacht?"

Anna zerknüllte das Taschentuch, zog es dann wieder auseinander, um sich erneut die Augen zu trocknen.

"He hat wat von 'das wird dir noch Leid tun' gelallt und dann ist er in Richtung Schuppen gegangen." Sie seufzte erneut und knüllte ihr inzwischen nasses Taschentuch zu einem kleinen Ball zusammen. "Ich dacht', er würde dort schlafen. Wenn er voll ist, schläft er überall, notfalls sogar im Stehen an die Wand gelehnt. Aber als ich am Morgen kam, um die Hühner zu füttern, war

Mattes nicht da."

Der Polizist machte sich ein paar Notizen, dann sah er Anna wieder an.

"Und danach hast du nichts mehr von ihm gehört oder gesehen?"

Anna schüttelte den Kopf. "Nee."

"Hast du dich denn nicht gewundert oder dir Sorgen gemacht?" Hinnak Petersen musterte Anna streng über den Rand seiner Lesebrille hinweg. "Meine Hilka würde unruhig werden, wenn ich nicht spätestens am nächsten Morgen bei ihr am Frühstückstisch säße."

"Nee! Nach bald dreißig Jahren mit diesem Suffkopp mach ich mir um andere Sachen Sorgen, aber nich' um meinen Mattes!" Annas Wangen leuchteten rot. Die Frage des Polizisten enthielt zugleich eine versteckte Schuldzuweisung und das machte sie wütend. "Ich hab' die dummen Hühner gefüttert, bin auf mein Rad gestiegen und bin nach Norden zur Arbeit gefahren, wie jeden Tag. War doch nicht das erste Mal, dass er weg blieb, der alte Saufsack!"

Hinnak Petersein nickte, während er etwas auf seinen Notizblock kritzelte. Mattes' Alkoholkonsum und seine dadurch verursachten Geldprobleme waren in Ostermarsch und im ganzen Kreis Norden längst kein Geheimnis mehr. Als Fischer verdiente er sowieso nicht gerade fürstlich und die paar Euro, die er sich mit kleinen Reparaturen und Gartenarbeiten beim Baulöwen Tillmann Henken dazu verdiente, wanderten schneller in die Kassen irgendeines Wirts als Mattes sie erarbeiten konnte.

"Kann es nicht sein, dass er mit Henken unterwegs ist?", erkundigte sich der Beamte jetzt, um alle Möglichkeiten durchzuspielen, die Mattes Kühneweiß' Verschwinden erklären konnten. "Er chauffiert Henken doch manchmal zu irgendwelchen Geschäftstreffen oder er steht am Ruder seiner Yacht?"

Anna schüttelte den Kopf.

"Henken lässt ihn nicht ans Steuer oder an Bord, wenn Mattes besoffen ist." Sie seufzte und begann, in ihrer Handtasche nach einem frischen Taschentuch zu kramen. "Nee, bei Henken ist er nich'. Da heb ich schon nach'fragt."

"Also halten wir fest." Hinnak wurde jetzt dienstlich. "Du hast deinen Ehemann Mattes Kühneweiß das letzte Mal in der Mittwochnacht zwischen dreiundzwanzig und vierundzwanzig Uhr gesehen. Er war stark angetrunken..."

"Nee, der war nich' angetrunken, der war sturzbesoffen!", verbesserte Anna aufgebracht.

"Also gut." *Der Vermisste befand sich in einem sehr stark alkoholisierten Zustand,* notierte Hinnak sorgfältig. "Weißt du noch, in welche Richtung er davongegangen ist?"

"Zum Stall, das heb' ich doch schon 'sacht." Anna knetete zur Abwechslung wieder die Taschenbügel. "Ich dacht' es jedenfalls. Ich hab' ihm nich' nachgeguckt, weil ich so wütend war. Hab ihm einfach die Tür vor der Nase zugemacht."

"Ah, so." Hauptwachtmeister Hinnak Petersen schrieb noch etwas zu seinen Aufzeichnungen hinzu, dann sah er Anna mit der ganzen Würde seines Amtes an. "Weißt du noch, was Mattes anhatte?"

Anna hob die Schultern.

"Nu, dat was er immer anhebbt. Sein blauweißes Fischerhemd, die dicke Drillichhose und seine Arbeitsschuhe. Und auf'm Kopp hatte er seine blaue Wollmütze."

Gewissenhaft schrieb Hinnak alles auf.

"Hast du ein Foto von ihm dabei?"

"Ein Foto?" Lina starrte ihr Gegenüber fassungslos an. "Ick heb kein' Fotografie. Das letzte Foto, das wir beim Fotografen in Norden haben machen lassen, war das zu unserer Hochzeit. Aber da is ja nu' auch schon ein bisschen her."

"Na, es wird auch erst mal ohne gehen." Hinnak seufzte. Die Sache ging ihm auf die Nerven. Am liebsten hätte er Anna mit dem Rat, sich auch weiterhin keine Sorgen zu machen, nach Hause geschickt. Schließlich kannte er ihren Mann nur allzu gut. Mattes Kühneweiß hatte schon so manche Nacht in der Ausnüchterungszelle im Keller der Polizeistation zugebracht. Wer weiß, in welcher düsteren Pinte er herumhing oder in welchem Bett einer billigen Hafenschlampe er lag? "Ich gebe jetzt erst mal die Suchmeldung raus. Wenn sich etwas tut, rufe ich dich an."

"Und was soll ich inzwischen machen?", fragte Anna unglücklich.

Hinnak versuchte, sie mit einem Lächeln zu trösten.

"Abwarten." Er legte den Kugelschreiber aus der Hand. "Vielleicht taucht dein Mattes ja doch noch auf. Oder er meldet sich telefonisch bei dir." Er wandte sich dem Computer zu, der rechts von ihm stand. "Ich nehm' jetzt erst Mal die Vermisstenanzeige auf und du gehst am besten nach Hause."

Anna runzelte die Stirn. Ratlos sah sie auf die zerknautschten Bügel ihrer Handtasche, dann packte sie die Griffe, schob den Stuhl zurück und stand auf.

Einen Moment blieb sie noch vor dem Schreibtisch stehen und sah nachdenklich auf Hinnaks lichten Hinterkopf hinunter, dann murmelte sie ein undeutliches "Tschüß" und verließ das enge Büro.

Die Tür fiel mit einem leisen "Klack" hinter ihr ins

Schloss.

In den kommenden drei Tagen war Jeanette hauptsächlich damit beschäftigt, Paulina bei den Vorbereitungen zur Hochzeit zu helfen. Obwohl Paulina schon einiges erledigt hatte, gab es noch viel zu tun. So musste unter anderem die Tischdekoration für die Hochzeitstafel ausgesucht werden, bei der die Meinungen der Brautleute leider total auseinander gingen. Daniel favorisierte eine Kombination aus Weiß und Silber, Paulina wollte Gold und Weiß. Jeanette entschied schließlich fast schon salomonisch, eine Deko aus Weiß und Rot zu nehmen, die im übrigen auch zum Hochzeitstrauß passte, den sich das Paar bereits in einem Blumengeschäft in Norden ausgesucht hatte.

Am vierten Tag hatte Jeanette genug von Spitzen, Rosen und weißem Zuckerguss. Sie nahm ihr Rad und fuhr nach Neßmersiel, aus dessen Hafen die Fähre nach Baltrum ablegte.

Die Bewegung an der frischen Luft tat ihr gut. Sie freute sich an der Blütenpracht in den Vorgärten und genoss die Weite des Landes, die dem Blick keine Grenzen setzte durch Hügel und dichte Wälder.

Jetzt befand sie sich auf dem Rückweg nach Norddeich, wobei sie diesmal den Weg über die Deichkrone gewählt hatte, weil man von dort aus einen herrlichen Blick über die See und das Land hatte.

Die Sonne meinte es gut mit den Ostfriesen und ihren Gästen. Überall an den langgezogenen Stränden tummelten sich Erwachsene und Kinder im Wasser. Ihr

Lachen und ihre Rufe schallten zu Jeanette herüber, die munter vor sich hin strampelte.

Wieder einmal wurde ihr bewusst, in welch hektischer Umgebung sie normalerweise lebte. Ihre Heimatstadt kam nie zur Ruhe. Egal ob Tag oder Nacht, das Leben pulsierte darin in einem Tempo, das keine Rast, kein Atemholen erlaubte.

Hier ging es hingegen beschaulich zu. Man hockte nicht wie die Hühner in der Legebatterie aufeinander, sondern die Häuser hatten zumindest alle einen kleinen Garten, besaßen hübsche Schnitzgiebel und auf den Simsen vor den Fenstern standen überall Blumenkästen mit Geranien, Petunien, Männertreu und Begonien.

Jeanette hielt an, machte die Kamera schussbereit und nahm einen gemütlich aussehenden Hof vor die Linse, dessen langgezogenes Haupthaus auf einer Warft stand, die wiederum von dichtem Busch- und Baumbestand vor der rauen Witterung geschützt wurde.

Sie machte ein paar Bilder, dann radelte sie weiter, um nach ein paar Kilometern erneut anzuhalten. Weiter vorne erblickte sie ein Gehölz. Wirr und scheinbar undurchdringlich, hatten es die Besitzer einfach wuchern lassen.

Jeanette kniff die Augen zusammen, um die Einzelheiten des Geländes besser erkennen zu können. Tatsächlich, zwischen dem Gestrüpp schimmerte die graue Fassade eines Hauses hindurch und nun erkannte Jeanette auch das hohe Dach, dessen Balken zwar noch den Stürmen und dem Alter trotzten Doch hier und da fehlten Schindeln und die Dachtraufe war an mehreren Stellen aus den Halterungen gerissen, sodass sie wie ein schlaffes Seil durchhing.

Ob dort noch jemand wohnte? Wohl kaum, urteilte Jeanette, als sie weiterradelte. Das Areal machte einen so verwilderten Eindruck und das Haus wirkte so verfallen, dass sie sich nicht vorstellen konnte, dass darin noch jemand leben mochte.

Sie radelte weiter, aber dann konnte Jeanette ihre Neugierde nicht länger zähmen. Sie stieg ab, schob ihr Rad den Deich hinunter zur Straße und ließ es dort einfach am Rand stehen.

Das Anwesen war größer als es aus der Ferne ausgesehen hatte. Es lag gut einen halben Kilometer von der schmalen Deichstraße entfernt mitten auf dem flachen Land und war, wie Jeanette jetzt erst erkannte, von hohen Mauern umgeben. Die Flügel eines ehemals prachtvollen schmiedeeisernen Tores standen offen. Dornenschlingen wilder Brombeeren und anderes Buschwerk hatte sich der geschnörkelten Verzierungen bemächtigt und überwucherten sie, sodass die Flügel in ihrer starren Haltung verweilen mussten.

Der Pfad dahinter, gepflastert mit verwitterten Steinplatten, schien ins Nirgendwo zu führen. Ehemals musste dieses Anwesen geradezu verschwenderisch luxuriös ausgestattet gewesen sein. Jeanette fragte sich, welche antiken Schätze das Unkraut wohl noch überwuchern mochte.

Plötzlich hatte sie das Gefühl, dass es um sie herum düsterer wurde. So als hätte sich eine dicke Wolke vor die Sonne geschoben. Ein Blick zum Himmel hinauf überzeugte sie davon, dass dort nur ein paar harmlose Wölkchen hingen. Die Sonne schickte weiterhin ungehindert ihre Strahlen auf das Land hernieder.

Jeanette blieb vor dem Tor stehen. Das Anwesen hatte etwas Abweisendes an sich. Sie spürte deutlich die negative Ausstrahlung, die von dem Gelände ausging. Zugleich hatte sie plötzlich das Gefühl beobachtet zu werden.

Unsinn, sagte sie sich, dann fiel ihr jedoch Paulinas Geständnis ein, das sie ihr am ersten Abend gemacht hatte. War es dieses Haus, das die Freundin in ihren Alpträumen gesehen hatte?

Unsinn, Unsinn, Unsinn!, schalt Jeanine sich erneut. Ich fange ja schon an wie Tante Betty überall Gespenster zu sehen. Demnächst renne ich auch mit einer Wünschelrute und einem Pendel durch die Gegend, um Wasseradern und schlechte Schwingungen aufzuspüren.

Andererseits... Paulina und ihre Träume...

Die Neugierde siegte. Entschlossen ging Jeanette weiter, doch mit jedem Schritt verstärkte sich das Gefühl, von unsichtbaren Augen beobachtet zu werden. Die feinen Härchen auf ihren Armen sträubten sich, ihr Nacken begann zu kribbeln, ein Gefühl, das sich über den ganzen Rücken ausbreitete.

Dann setzte das Herzrasen ein. Es kam so plötzlich, dass Jeanette stehen bleiben und sich an einer dicken Ranke festhalten musste. Dornen bohrten sich in das weiche Fleisch ihrer Handinnenfläche, sie spürte es kaum. Die Panik, die sie unvermittelt ansprang, nahm ihr den Atem.

Jeanette blieb stehen, unfähig noch einen Schritt weiterzugehen. Obwohl sie sich sagte, dass es absoluter Blödsinn war, konnte sie in diesem Moment spüren, dass etwas Böses sie umgab. Es belauerte sie, bereit, sich auf sie zu stürzen, wenn sie es wagen sollte, weiterzugehen.

Langsam wich es zurück, verharrte am Tor und schien dort auf sie zu warten. Gerne hätte Jeanette kehrtgemacht und wäre den Weg zurück zu ihrem Rad gelaufen. Aber sie konnte sich nicht rühren. Ihr Herz raste, ihr Pulsschlag dröhnte in den Ohren. Als es dicht neben ihr im Gestrüpp raschelte, machte ihr Herz einen solchen Satz, dass Jeanette erneut die Luft wegblieb.

Im nächsten Moment stieß sie einen Schrei aus, der die Vögel in der Umgebung aufscheuchte und wahrscheinlich noch in Norddeich zu hören war. Es raschelte erneut, die Äste des Gestrüpps bewegten sich heftig und dann schlängelte sich ein Kätzchen zwischen den Ranken hindurch. Schwarz mit weißen Pfötchen und nicht viel älter als ein halbes Jahr, kam es mit geschmeidigen Bewegungen aus dem Dickicht, beäugte Jeanette neugierig und begann, schnurrend um ihre Knöchel zu streichen.

"Mein Gott!", entfuhr es Jeanette und die Starre fiel von ihr ab. "Du hast mich fast zu Tode erschreckt."

Sie bückte sich, wollte das süße Tierchen streicheln, doch es wich fauchend zurück, wobei es seine kleinen weißen Fangzähne zeigte und mit seinen krallenbewehrten Pfoten nach Jeanettes Hand schlug.

Hastig riss sie ihre Finger zurück und richtete sich auf.

"He, ich hätte Grund sauer zu sein!", hielt sie dem Tierchen vor. "Schließlich hast du mir einen Heidenschrecken eingejagt, nicht ich dir."

Doch das Kätzchen war nicht auf Konversation aus. Es hob das dünne Schwänzchen und stolzierte in Richtung Tor davon, ohne Jeanette noch eines Blickes zu würdigen. Gleich darauf war es zwischen Geäst und Gestrüpp verschwunden.

Mit einem erleichterten Seufzer drehte sich Jeanette herum. Du fängst an, hysterisch zu werden, schalt sie sich selbst. Es gibt hier absolut nichts, was eine überhastete Flucht rechtfertigt. Solchen Panikattacken, wie du sie eben erlebt hast, muss man sofort entgegentreten, sonst wachsen sie sich zu einer handfesten Psychose aus.

Ihr Herz begann tatsächlich wieder im normalen Takt zu klopfen. Das änderte sich allerdings schlagartig, als es dicht hinter ihr auf einmal *Tok* machte.

Jeanette fuhr herum und sah den Weg zurück. Leuchtete da nicht etwas Gelbes zwischen dem Gestrüpp, von dem das Tor überwuchert wurde?

Sie kniff die Augen zusammen, konnte jedoch nichts Genaues erkennen. Nur einen gelben Schimmer, der alles Mögliche sein konnte: Eine Rosenblüte, ein Stofffetzen oder eine Plastiktüte, die jemand achtlos ins Gebüsch geworfen hatte.

Tok. Da war das Geräusch wieder. Jeanette lauschte angespannt, wartete darauf, diesen Laut noch einmal zu hören.

Was war das? Wonach klang es?

Es blieb alles still. Jeanette sah erneut zum Tor, die Augen zu schmalen Schlitzen verengt, doch sie konnte schauen wie sie wollte, der gelbe Schimmer war fort.

Diesmal gab sie dem Panikgefühl nach, das sie überfiel. Mit einem unterdrückten Aufschrei fuhr sie herum und rannte den Weg zurück, so schnell ihre Füße sie tragen konnten.

Die Lust auf eine Besichtigung des Grundstücks war Jeanette erst einmal gründlich vergangen.

Fenna packte den Kasten mit ihrer Ausrüstung in den Kombi und warf die Ladeklappe zu. Ein Blick zum Himmel sagte ihr, dass sie sich genau den richtigen Tag für ihr Unternehmen ausgesucht hatte. Es würde den ganzen Tag über herrlich sonnig und warm sein. Die

Landschaft würde im Sonnenlicht in den schönsten Farben leuchten. Also, genau das richtige Wetter, um Motive zu suchen.

Sie sollte die Fotos und Gemälde für einen Heimatkalender liefern. Die Originale würden in mehreren Galerien ausgestellt werden. Ein Erfolg, der Fenna freute, der ihr jedoch nicht zu Kopfe stieg. Geld und Anerkennung waren Dinge, die sie sich hart erkämpft hatte und die sie zu immer neuen Leistungen anspornten. Mit den hochnäsigen Freizeitkünstlern, die sich in so genannten Kunstkreisen zusammenfanden und dort selbst beweihräucherten, konnte sie nichts anfangen.

Zufrieden mit dem Wetter wollte sie hinters Steuer rutschen, aber ein Zuruf ließ Fenna innehalten. Sie drehte sich um. Als sie den jungen Mann erkannte, der sich ihr mit raschen Schritten näherte, schoben sich ihre Brauen unwillkürlich zusammen.

"Fenna, wie gut, dass ich dich noch erwische." Onno Henken strahlte über das ganze Gesicht. Er machte kein Hehl daraus, dass er Fenna mochte. Eine Sympathie, die leider nicht auf Erwiderung stieß. "Ich war nämlich gerade auf dem Weg zu dir."

"Ich habe es ziemlich eilig", versuchte Fenna den jungen Mann abzuwimmeln. "Vielleicht solltest du mich einfach anru..."

"Nein, nein, so etwas macht man persönlich", fiel Onno ihr rasch ins Wort. Er setzte ein Lächeln auf, das er für charmant hielt, auf Fenna allerdings seine Wirkung verfehlte. "Ich wollte dich nämlich einladen, mit mir und meinen Eltern am Samstag das Hafenfest in Greetsiel zu feiern."

Verlegen sah Fenna auf den Schlüssel in ihrer Hand. Was für ein nettes kleines Ding. Ob es wohl stecken blieb, wenn sie es Onno in die Nase rammte?

Erschrocken über ihre eigenen Gedanken blickte sie auf. Das schlechte Gewissen machte ihre Stimme freundlicher als es die Absage war, die sie aussprach.

"Es tut mir Leid, aber ich habe überhaupt keine Zeit. Meine Arbeit..." Sie hob bedauernd die Schultern. "Ich muss Termine einhalten, und die sind äußerst knapp gehalten."

Auf Onnos merkwürdig verschwommen wirkenden Gesichtszügen malte sich Bestürzung.

"Aber es ist ein großes Fest!", rief er beschwörend, als sei allein dies schon ein Grund, alles stehen und liegen zu lassen. "Ich wollte mit dir tanzen und dich meinen Freunden vorstellen."

"Weshalb denn das?", entfuhr es Fenna befremdet. War sie ein Ausstellungsstück, das man mit Besitzerstolz herumzeigte?

"Das hätte mir bestimmt Spaß gemacht", schwindelte sie, weil sie den jungen Mann nicht verprellen wollte. Onno Henken konnte ziemlich unberechenbar reagieren, wenn man ihn vor den Kopf stieß. "Ich kann wirklich nicht." Sie versuchte, ihn mit einem schmeichelnden Lächeln zu versöhnen. "Ehrlich gesagt, ich werde auf das Fest gehen. Aber nicht um zu tanzen und mich zu amüsieren, sondern um zu fotografieren. Ich werde bestimmt den ganzen Tag beschäftigt sein."

Onno ließ die Unterlippe hängen. Der Gedanke daran, wie sein Vater reagieren würde, deprimierte ihn zutiefst. Plötzlich schoss ihm eine neue Idee durch den Kopf.

"Du gehst mit Ibo, nicht wahr?" Seine Wangen färbten sich rosig. "Dieser ständig nach Mist und Gäulen stinkende Tierarzt ist dir lieber als ich."

"Nein, ich gehe auch nicht mit Ibo zu diesem Fest", widersprach Fenna mit Bestimmtheit. "Hast du mir nicht zugehört, Onno? Ich gehe aus beruflichen Gründen dorthin. Und deshalb gehe ich alleine."

Onno war noch nicht überzeugt.

"Nie hast du Zeit für mich", maulte er wie ein kleiner Junge, der seine Mutter dazu überreden wollte, mit ihm auf den Spielplatz zu gehen. "Ich gebe mir doch wirklich Mühe. Immer wimmelst du mich ab."

Damit hatte er im Prinzip Recht. Fenna konnte den jungen Mann mit den weichen undeutlichen Gesichtszügen und den kalten Augen nicht leiden, hatte ihn schon als Kind nicht ausstehen können.

Er war immer ein Außenseiter gewesen. Als Junge hatte er eine Privatschule in der Nähe von Aurich besucht. Während sich die anderen Kinder morgens mit ihren Rädern am Ortsausgang von Norddeich getroffen hatten, um gemeinsam zur Schule nach Norden zu radeln, war Onno von einem Chauffeur in der Limousine seines Vaters nach Aurich kutschiert worden.

Er hatte nie an den Spielen der Norder und Norddeicher Kinder teilgenommen. Fenna erinnerte sich noch an ihn als einen schmächtigen Jungen im feinen Anzug, der oben auf der Deichkrone stand und zusah, wie sie unten Straßenhockey spielten.

Manchmal hatte er stundenlang da oben gestanden, doch keines der Kinder war jemals auf die Idee gekommen, ihn zum Mitspielen aufzufordern. Andererseits hatte Onno auch nie darum gebeten, mitspielen zu dürfen. Er hatte nur dagestanden und sie angeglotzt, während sie auf ihren Inlinern dem kleinen schwarzen Ball hinterhergejagt waren.

"Glasauge", so hatten ihn die Kinder aus Norden und Norddeich getauft. "Glasauge" hatten sie ihm zugerufen, wenn er am Gartentor des elterlichen Grundstücks stand und zusah, wie sie auf ihren Rädern vorbeisausten. Und

"Glasauge" hatte es durch die Straßen geschallt, wenn er an der Hand seines Kindermädchens durch Norden spaziert war.

Den Spitznamen verdankte er seinen seltsamen, beinahe farblosen Augen, deren Blick keine Gefühle verriet. Als wären sie tot, hatte irgendjemand aus Fennas Bekanntenkreis einmal gesagt und damit den Nagel auf den Kopf getroffen. Ob Onno lachte, sich freute oder ob er traurig war, der Blick seiner Augen blieb immer merkwürdig leer.

Fenna hatte diese Augen nur einmal voller Leben gesehen. Das war, als sich ein paar Jungen aus der Nachbarschaft einen Spaß gemacht und Onnos nagelneues Fahrrad in einen Baum gehängt hatten. Onno war furchtbar zornig geworden. Seine Augen hatten plötzlich dunkelblau geschillert und schienen tausend Funken zu sprühen, während er mit geballten Fäusten auf die Übeltäter losgegangen war. Er hatte trotz seiner Schmächtigkeit zwei der Übeltäter so verprügelt, dass ihre Blessuren im Nordener Krankenhaus verarztet werden mussten. Noch heute behaupteten die beiden, dass Onno sie umgebracht hätte, wenn ihnen nicht die anderen Kinder zu Hilfe geeilt wären.

Von diesem Tage an hatte man Onno Henken in Ruhe gelassen.

All diese Erinnerungen gingen Fenna jetzt in Windeseile durch den Kopf, während sie in Onno Henkens Augen blickte.

"Ja, Onno, du hast Recht", sagte sie mit sanfter Stimme. "Du weißt doch auch, weshalb ich das tue?"

Ihr Blick zwang ihn, sie anzusehen und auf ihre Frage zu antworten. Als Onno schließlich widerstrebend nickte, belohnte Fenna ihn mit einer hauchzarten Berührung seiner Wange.

"Siehst du." Sie lächelte und legte ihre Fingerspitzen an seine heiße Wange. "Und genau aus diesem Grund gehe ich nicht mit dir aus. Ich möchte nicht, dass dir etwas passiert."

"Ich glaube nicht an Geister und Flüche!", begehrte Onno auf. Es klang allerdings nicht sehr überzeugend.

"Oh, Onno." Fenna nahm die Hand herunter und seufzte leise. "Ich könnte es mir nie verzeihen, wenn dir etwas Schlimmes passieren würde."

Er antwortete nicht, stand nur da, starrte zu Boden und kaute an seiner Unterlippe.

"Ich danke dir auf jeden Fall für die Einladung", fuhr Fenna fort, als er stumm blieb. "Ich muss jetzt los. Auf Wiedersehen, Onno."

Sie stieg in ihren Wagen, steckte den Schlüssel ins Zündschloss und drehte ihn. Bevor sie Gas gab, sah sie noch einmal zu Onno, der am Straßenrand stand und unglücklich zu ihr herübersah.

Er war ein armer Kerl. Aber sie konnte und vor allem, sie wollte ihm nicht helfen. Onno Henken musste mit seinen Problemen alleine fertig werden.

Das düstere Anwesen ging Jeanette nicht aus dem Kopf. Sie war ohne anzuhalten oder sich umzusehen direkt nach Norddeich gefahren und hatte sich dort am Norderney-Anleger auf eine Bank gesetzt. Das hektische Gewusel der Passagiere, die auf die Insel übersetzen wollten, hatte sie von ihrer Angst abgelenkt. Allmählich war sie ruhiger geworden und der wilde Schlag ihres Herzens hatte sich normalisiert.

Da sie Paulina nicht noch mehr belasten und ihr vielleicht gar die Freude auf die Hochzeit verderben wollte, beschloss Jeanette, ihr schauriges Erlebnis zuerst einmal mit Miene Harmsen zu besprechen. Miene war eine echte, handfeste Ostfriesin, die neben der Leitung ihres kleinen Ferienbetriebes auch noch ehrenamtlich als Fremdenführerin arbeitete. Sie wusste alles, was mit der Historie ihrer Heimat zu tun hatte und hatte mit ihrem Wissen nicht unerheblich zu Jeanettes Buch beigetragen.

Jeanette hatte ihr damals fasziniert zugehört, wenn Miene von den alten Häuptlingen erzählt hatte, die noch bis ins Zwanzigste Jahrhundert hinein die Region regiert hatten. Miene wusste auch jede Menge Geschichten von Kapitän Störtebeker, der das Meer als Freibeuter unsicher gemacht hatte, und von weisen Frauen, die in ihren Flachbooten durch die Siele gestakt waren, um Kranke zu versorgen oder Schwangeren bei der Geburt beizustehen.

Ja, Miene wusste ganz bestimmt mehr über dieses alte Haus am Deich zwischen Norddeich und Neßmersiel. Jeanette beschloss, sie gleich zu fragen und Paulina vorerst nichts von ihrem Erlebnis zu erzählen.

Sie stieg auf ihr Rad und fuhr durch den Hafen und die Norddeicher Straße zurück zum alten Posthaus.

Miene Harmsen hing gerade Wäsche auf, ließ ihre Arbeit jedoch liegen, als Jeanette ihr Rad aufs Grundstück schob.

"Nun, war's ein schöner Tag heute?", erkundigte sich die Vermieterin. "Du möchtest doch sicherlich eine schöne Tasse Tee, nicht wahr? Und vom Kuchen ist auch noch was da."

"Das hört sich super an." Jeanette stellte das Rad in den Ständer. "Vorher würde ich gerne unter die Dusche springen. Ich bin total verschwitzt."

"Kein Problem!", versicherte Miene. "Ich häng' nur eben noch schnell die Wäsche auf, dann mach ich uns Tee."

Als Jeanette eine halbe Stunde später die gemütliche Wohnküche betrat, hatte Miene bereits den Tisch gedeckt. In der Mitte prangten das Stövchen und eine Kuchenplatte, auf der die Reste des Streuselkuchens lagen.

Der Tee duftete köstlich als Miene ihn in die kleinen, dünnen Tässchen goss. Hier in der behaglichen Atmosphäre der Küche, den aromatischen Duft des Tees in der Nase, erschienen Jeanette das Erlebnis auf dem verwachsenen Grundstück und ihre Angst beinahe albern. Sie erzählte Miene trotzdem davon, als diese fragte, was sie den Tag über gemacht hatte.

"Du meinst dieses verwilderte Grundstück in der Nähe des ehemaligen Radio-Nordeich-Geländes?", vergewisserte Miene sich, die Jeanette aufmerksam zugehört hatte. Als diese nickte, nahm Mienes Gesicht einen besorgten Ausdruck an.

"Du solltest dich besser davon fernhalten", riet sie ernst. "Ich glaube sonst auch nicht an solchen Spökenkiekerkram, doch dass mit der Deichvilla etwas nicht stimmt, davon bin ich mittlerweile überzeugt. Das Haus ist verflucht."

Ein kalter Schauer lief Jeanette über den Rücken.

"Ach, was!", versuchte sie, das Gehörte vor sich selbst als Aberglaube abzutun. "Das Gelände ist nur total verwahrlost. Wenn man es aufräumen und herrichten würde..."

"Das wird hier niemand tun", unterbrach Miene sie mit hart klingender Stimme. "Die Leute machen alle einen riesigen Bogen um das Haus. Es gibt Menschen, die behaupten, ein Geist gehe darin um. Manche wollen sogar ein kleines Mädchen in einem gelben Kleid gesehen haben, das auf dem Grundstück mit einem Ball spielt."

Das flaue Gefühl in Jeanettes Magen verwandelte sich in Übelkeit. Tapfer versuchte sie, sich die Angst nicht anmerken zu lassen.

"Das ist die übliche Kollektivpanik", winkte sie ab. "Da hat der eine einen schwarzen Vogel gesehen und je länger das Haus leersteht und je mehr es verfällt, desto größer wird der Vogel, bis er sich zu einem schwarzen Hengst ausgewachsen hat, der bei Gewitter über den Himmel fliegt." Sie beugte sich vor und sah Miene auffordernd an. "Ich wüsste gerne mehr über das Haus. Kennst du seine Geschichte?"

Miene nahm die Teekanne vom Stövchen und schenkte Jeanette und sich nach.

"Das Gelände wurde Mitte des neunzehnten Jahrhunderts von einem Kapitän Lars Jessen erworben", begann sie zu erzählen. Jeanette hatte dabei das Gefühl, dass Miene es ihr ein klein wenig übel nahm, dass sie, Jeanette, ihre Warnungen nicht ernst nehmen wollte. "Er hat auf Wunsch seiner Frau auf dem Areal diese feudale Villa errichten lassen. Ida Jessen war eine geborene Baroness Herdershausen, die ihrem Gatten zuliebe zwar auf ihren Titel verzichtet hatte, ansonsten jedoch den gleichen Luxus erwartete, den sie in ihrem Elternhaus genossen hatte. Lars liebte Ida geradezu abgöttisch und las ihr jeden Wunsch förmlich von den Augen ab. Also baute er die Villa, ließ rundherum einen prachtvollen kleinen Park anlegen und glaubte, seine Frau nun glücklich gemacht zu haben."

Miene unterbrach sich und reichte Jeanette die Platte mit den Kuchenstücken. Als Jeanette dankend ablehnte, fuhr sie fort:

"Als Kapitän war Lars Jessen natürlich viel unterwegs. Unter seinem Befehl stand um achtzehnhundertvierzig herum eines der ersten großen Dampfschiffe, die damals in Papenburg gebaut und in Hamburg eingesetzt wurden." Miene beschrieb mit den Händen einen großen Bogen. "Das war ein riesiges Schiff mit großen Schaufelrädern in der Mitte und Segelaufbauten. Du kannst dir den Nachbau im Buddelschiff-Museum in Greetsiel anschauen."

"Äh, wo waren wir jetzt stehen geblieben?" Sie unterbrach sich kurz, dann fand sie den Faden wieder und sprach weiter. "Mit diesem Schiff holte Kapitän Jessen alle möglichen Waren aus dem Ausland. Manchmal war er über ein Jahr lang fort. Dass eine junge Frau das auf Dauer nicht aushält, war klar."

"Ida hat ihn betrogen?"

"Ja." Miene nickte. "Und zwar mit einem Nachfahren des letzten Friesenhäuptlings Ocko tom Brook." Sie sagte es nicht ohne Stolz, denn die Ostfriesen waren heute noch stolz darauf, als "Freie Ostfriesen" keinem Kaiser oder König untertan gewesen zu sein und ihre eigenen Herrschergeschlechter (Häuptlinge) hervorgebracht zu haben. "Das war ein Ubben Uttendoog tom Brook. Ein stattlicher, sehr gut aussehender Mann, dem die Herzen der Frauen nur so zugeflogen sein sollen. Eines Tages kam Lars hinter die Geschichte und da muss er wohl durchgedreht sein."

"Er hat seine Frau umgebracht, stimmt's?", vermutete Jeanette, die anfing, die Geschichte als amüsant, aber unwahr zu betrachten.

Miene blieb hingegen ernst.

"Ja", bestätigte sie und dabei war ein seltsames Zittern in ihrer Stimme. "Und er tat es auf eine grausame Weise, die schlimmer ist als ein schneller Tod." Miene machte eine kurze Pause, um Luft zu holen. "Es war Winter", berichtete sie weiter. "Der Salon verfügte über einen riesigen Kamin, den Lars von einer seiner Fahrten aus England oder Schottland mitgebracht hatte. Er band seine Frau auf den Rost und entzündete das Feuer. Ida überlebte den Anschlag schwer verletzt, war jedoch für den Rest ihres Leben grässlich verunstaltet."

"Mein Gott!", entfuhr es Jeanette schaudernd.

Miene nickte, während sie noch eine weitere Tasse Tee einschenkte.

"Lars Jessen hielt noch eine zweite, schlimmere Strafe für seine Frau bereit", berichtete Miene weiter, während sie behutsam Sahne in ihren Tee löffelte. "Er brachte das gemeinsame Kind fort. Angeblich soll er es nach England in eine Pflegefamilie gegeben haben. Viele Leute behaupten auch heute noch, dass er die kleine Gerda umgebracht hat, weil er davon überzeugt war, dass sie Ubbos Tochter war. Die Leiche des Kindes wurde allerdings nie gefunden und das Kind selbst ist nie wieder hier gesehen worden."

"Vielleicht ist die Kleine ja wirklich nach England gebracht worden und ist dort geblieben?", überlegte Jeanette laut, deren Fantasie bereits wilde Kapriolen schlug. Die Geschichte war genau der richtige Stoff für einen historischen Roman. Er beinhaltete alles, was die Leser an die Buchseiten fesselte: Liebe, Eifersucht, Tod und ein Geheimnis. Genau die Mixtur, die jeden Leser und jede Leserin fesselte. "Oder sie hat das Seefahrerblut ihres Vaters geerbt und ist nach Übersee ausgewandert. Zu dieser Zeit sind viele Leute nach Amerika oder Australien gegangen."

"Schon möglich", gab Miene nach kurzem Nachdenken zu. "Ihr Schicksal ist jedenfalls unbekannt, obwohl bereits etliche Historiker versucht haben, den Lebensweg des Mädchens zu verfolgen. Er verliert sich immer irgendwo auf dem Anwesen."

Sie trank einen Schluck Tee, dann lehnte sie sich zurück und erzählte weiter.

"Ida starb früh, wahrscheinlich an den Spätfolgen des Mordanschlags. Sie ist nicht mal vierzig geworden. Lars Jessen hat sich zwei Jahre später auf dem Dachboden der Villa erschossen. Da kein weiterer Erbe da war, ging es das Anwesen kurz vor der Jahrhundertwende in den Besitz seines Neffen über, der es als Lustschlösschen im wörtlichen Sinne nutzte. Ein Hallodri, der alle Laster betrieb, die ein Mensch haben kann. Als er eines Tages während eines Unwetters betrunken im Garten mit seinen zahlreichen Gespielinnen "Fangen" spielte..." Hier kicherte Miene verschämt, aber auch verschmitzt. "Sie sollen alle nackt gewesen sein, erzählt man sich." Sie wurde wieder ernst. "Also, als er draußen im Garten herumtobte, wurde er von einem Blitz getroffen und war auf der Stelle tot. Sein Sohn, der das Haus erbte, ein schwermütiger junger Mann, erhängte sich einige Jahre später ebenfalls auf dem Dachboden..."

"Moment!", unterbrach Jeanette aufgeregt. "Woher kam der Sohn?"

"Aus der Ehe mit einer Hamburger Senatorentochter", wusste Miene zu antworten. "Es war eine dieser arrangierten Ehen, wie sie zu diesen Zeiten und in diesen Kreisen immer noch üblich waren. Sie tolerierte die Lebensweise ihres Gatten, achtete jedoch streng darauf, das er ihre Mitgift nicht durchbrachte."

Miene nickte in Gedanken versunken, dann gab sie sich einen Ruck.

"Seit dieser Zeit hat es in dieser Familie in jeder Generation mindestens einen Mord oder Selbstmord gegeben", fuhr sie fort. "Deshalb sagen die Leute hier, dass das Anwesen verflucht sei."

"Wem gehört es jetzt?"

"Fenna Jessen", antwortete Miene bereitwillig. "Sie versucht seit Jahren, es zu verkaufen. Aber der Ruf, der dem Gelände vorauseilt, hat bisher jeden Interessenten verjagt."

Jeanette dachte einen Moment über das Gehörte nach.

"Ich würde diese Fenna gerne kennen lernen", sagte sie schließlich immer noch grüblerisch.

"Das ist kein Problem." Miene stand auf, holte Papier und Kuli und schrieb die Adresse und Telefonnummer auf. "Sie ist Künstlerin. Ich bin sicher, dass Fenna sich über einen Besuch von dir freuen wird."

"Danke." Jeanette steckte den Zettel in ihre Hosentasche. "Und danke für den Bericht und natürlich auch für den leckeren Tee und Kuchen. Du verwöhnst mich wie meine Tante Betty."

"Da nich' für", winkte Miene ab. "Ich freu mich doch, wenn ich mit dir plaudern kann."

Jeanette half ihr noch, den Tisch abzuräumen, dann ging sie in ihre Ferienwohnung hinüber. Dort setzte sie sich an den Esstisch, klappte das Notebook auf und begann, das eben Gehörte in den Computer einzugeben.

Wer weiß, vielleicht würde sie tatsächlich einen Roman daraus machen?

Wurzel quengelte. Schließlich gab Paul dem Fiepen und Winseln des Zwergschnauzers nach. Leise, um seine Frau nicht zu wecken, schlüpfte er in seinen ausgeleierten und heißgeliebten Jogginganzug, leinte Wurzel an und verließ das Wohnmobil.

Auf dem Campingplatz musste der Hund an der Leine gehen, aber sobald sie die Straße überquert hatten und den Deich erreichten, machte Paul ihn los. Fröhlich rannte der kleine Hund davon und begoss erst einmal ausgiebig einen Abfallkorb, der neben einer Bank stand. Anschließend schnüffelte Wurzel das Terrain ab.

Paul blieb auf der Deichkrone stehen. Die Sonne beschien das Watt und zauberte goldene Reflexe auf den nassen Schlick. Die Flut würde erst gegen zwölf Uhr einsetzen, Paul vermied es trotzdem hinauszugehen. Zu sehr hatten ihn die Schilderungen des Vormanns der Kassen Knigge erschreckt, der eindrucksvoll von den schlimmen Schicksalen unvorsichtiger Wattwanderer erzählt hatte.

Wurzel kannte diese Angst nicht. Er hatte den Vortrag des Vormanns unter Pauls Stuhl verschlafen und war erst wach geworden, als sich die Zuhörer stühlescharrend erhoben hatten. Übermütig lief der Schnauzer jetzt in das weiche Watt. Hinter sich hörte er Paul rufen, doch Wurzel hatte etwas Hochinteressantes entdeckt, dessen Duft ihn allen Gehorsam vergessen ließ.

Aufgeregt stürmte der Schnauzer darauf zu und sog genüsslich den köstlichen Duft ein, den das merkwürdige schwarze Ding verströmte.

"Wurzel!" Paul schickte sich an, den Deich hinunter zum Strand zu laufen. "Verdammt noch mal, du verflixter Köter, komm sofort hierher!"

Wurzel hörte ihn nicht. Schnüffelnd umrundete er das schwarze Ding, stupste es mit der Nase an und schnüffelte erneut daran. Es war köstlich, einfach hundehimmlisch!!!

Er blieb stehen, sog noch einmal den Geruch tief in

seine Nase, dann warf er sich auf den Rücken und wälzte sich genüsslich in dem weichen, duftenden Haufen.

Paul kam schnaufend und fluchend angetrabt. Er hatte einen seiner Badelatschen im Schlick verloren, den anderen schwang er drohend über dem Kopf, was Wurzel jedoch nicht den nötigen Respekt einflösste. Er wälzte sich weiter in der schwarzbräunlichen Masse und verdrehte dabei die Augen wie ein Junkie auf Droge.

"Verdammt, Wurzel, was machst du da?" Paul war stehen geblieben. Seine Füße sanken sofort bis an die Knöchel in den Schlick, seine Hose war vom hochspritzenden Schlamm bis zum Bund besudelt. Aber der Geruch, der ihm in die Nase stieg, ließ Paul das alles vergessen. Es war ein intensiver Geruch, durchdringend süßlich, widerlich, ekelerregend.

Ein Windstoß fegte heran und brachte einen ganzen Schwall dieses Gestanks mit sich. Er war derart bestialisch, dass Paul aufhörte ein und auszuatmen und sich die Nase zuhielt.

"Wurzel!", nuschelte er. "Wurzel, komm her."

Der Hund hörte nicht. Voller Widerwillen zwang Paul sich dazu weiterzugehen, den Blick angewidert auf diese merkwürdige braune Masse gerichtet, von der dieser Gestank eindeutig ausging.

Schließlich hatte er die Masse erreicht. Wurzel warf sich gerade mit neuem Elan hinein und suhlte sich glücklich darin herum. Mit der freien Hand zog Paul ein Taschentuch aus der Hosentasche, presste es sich vor Mund und Nase und beugte sich über das seltsame Ding.

Im nächsten Moment prallte er zurück. Entsetzt fuhr er herum, rannte über das Watt, das versuchte, seine Füße zu umklammern und ihn festzuhalten und blieb schließlich in einigen Metern Entfernung stehen.

Er sah zu Wurzel zurück, der sich immer noch in der Masse wälzte. Angewidert drehte Paul sich herum, nahm die Hände vom Gesicht und begann sich krampfhaft zu übergeben.

Kriminalassistent Kurt Haberstock wickelte in aller Ruhe einen Kaugummistreifen aus der Verpackung, steckte ihn in den Mund, rollte ihn mit der Zunge zusammen und schob ihn dann in die rechte Backentasche.

"Aha", machte er und saugte ein paar Mal an dem Gummistreifen. Der Pfefferminzgeschmack breitete sich angenehm in seiner Mundhöhle aus, konnte jedoch den entsetzlichen Gestank nicht überdecken, der den ganzen Strandabschnitt verpestete. "So sieht also ein Mann aus, der seinen Kopf verloren hat."

Hauptkommissar Daniel Beekmann warf ihm einen vernichtenden Blick zu. Kriminalassistent Kurt Haberstock war für seinen schwarzen Humor bekannt. Dass der Kollege selbst beim Anblick dieser grässlich zugerichteten Leiche noch seine makaberen Späße machen konnte, hatte Daniel nicht erwartet. Er schluckte den Tadel hinunter, der ihm bereits auf der Zunge lag, und konzentrierte sich auf vorliegenden Fall.

"Er muss beim letzten Hochwasser angespült und dann bei Ebbe abgelagert worden sein", vermutete Hauptkommissar Daniel Beekmann. "Damit haben wir eine ganze Palette an Möglichkeiten wie er ins Wasser gelangt sein könnte." Er sah zu dem Gerichtsmediziner, der die Leiche gerade in Augenschein nahm. "Wie lange liegt der Typ schon im Wasser?"

Dr. Brauer, Pathologe vom Gerichtsmedizinischen Institut Wilhelmshaven, blickte auf. Sein vom letzten Karibikurlaub gebräuntes Gesicht leuchtete wie ein großer schwarzer Fleck im reinen Weiß des Plastikoveralls, den er genauso tragen musste wie die Leute von der Spurensicherung. Letztere waren bereits dabei, das Watt und den Strand abzusuchen.

"Genaues kann ich erst nach der Obduktion sagen", rief Brauer zurück. "Nach dem ersten Anschauen würde ich sagen, dass der Mann mindestens zwei Wochen im Wasser lag. Es kann allerdings auch kürzer gewesen sein. Wie gesagt..." Er hob die Schultern.

"Genaueres erst nach der Obduktion", vollendete Daniel Beekmann den Satz.

"Für zwei Wochen ist der ganz schön hinüber", musste Haberstock seinen Senf dazugeben.

Dr. Brauer grinste hinter seinem Mundschutz.

"Wie lange glauben Sie, hält sich ein Stück Fleisch frisch, wenn es in schwarzes Plastik gewickelt, einer durchschnittlichen Temperatur von dreiundzwanzig Grad und mindestens zehn Stunden direkter Sonnenbestrahlung ausgesetzt ist?"

Haberstock kaute genüsslich und grinste dabei von einem Ohr zum anderen. Solche Späße gefielen ihm.

Daniel Beekmann winkte ab.

"Okay, ich warte dann auf Ihren Bericht." Er überwand sich, den Leichnam noch mal anzusehen. "Können Sie mir wenigstens schon sagen, ob ihm die Verletzungen vor oder nach seinem Tod zugefügt wurden?"

"Nicht mit Bestimmtheit", lautete die Antwort, die Daniel im Grunde bereits erwartet hatte. "Einige sehen mir aus, als stammten sie von einer Schiffsschraube, andere können von den Meeresbewohnern verursacht worden sein. Wie Sie wissen, leben auch hier in der

Nordsee immer noch ein paar Fleischfresser wie Hornhechte und Dorsche. Und die Möwen machen ja vor nichts Halt."

Kommissar Beekmann ließ seinen Blick über das Watt und den Strand wandern. Das Gelände war großzügig mit rotweißem Flatterband abgesperrt. Neugierige standen dahinter und verfolgten mit wohligem Schauder, was sich hinter der Absperrung abspielte.

Die Beamten der Spurensicherung, alle mit den weißen Plastikoveralls bekleidet, die man spöttisch als "Ganzkörperkondome" bezeichnete, suchten Beweismittel von denen wahrscheinlich nicht mehr viele zu finden waren. Das meiste hatte wahrscheinlich die See davongetragen oder war von ihren Bewohnern gefressen worden.

"Wahrscheinlich hat man ihn von irgendeinem Schiff aus ins Meer geworfen", vermutete Dr. Brauer. Er winkte die beiden Pathologiehelfer heran, die, sich bisher im Hintergrund haltend, auf seine Anordnungen warteten. "Ihr könnt ihn mitnehmen", rief er ihnen zu. "Aber passt auf, ich will alles haben."

Damit klappte er seinen Alukoffer zu und erhob sich, während die beiden Männer in ihren weißen Anzügen herantraten. Es gab ein klatschendes Geräusch, als sie den schwarzen Leichensack in den Schlick warfen und anfingen, ihn auseinander zu falten.

Kommissar Daniel Beekmann drehte sich um. Er mochte nicht zusehen, wie Brauers Assistenten die Leiche einpackten.

"Der Tote kann auch von Land aus in die See geraten sein", meinte er an Haberstock gewandt. "Die Frage lautet zuerst einmal: Wie ist er zu Tode gekommen? Durch einen Unfall, Selbstmord oder Mord? Und dann, Punkt zwei: Wo ist er gestorben? Und wo ist er ins

Wasser gelangt und wie?"

Kriminalassistent Haberstock grinste.

"Es gibt noch eine wichtige Frage zu klären", ergänzte er, auf seinem Kaugummi kauend. "Nämlich, wer der Kerl überhaupt ist."

"Stimmt", gab Daniel widerwillig zu. "Wir müssen die Vermisstendateien durchgehen. Und uns beim Seeamt über die Strömungsverhältnisse der letzten Tage informieren. Das erledige ich. Sie sehen sich hier mal nach Zeugen um. Vor allem unterhalten Sie sich mit dem Mann, der den Toten gefunden hat. Wo steckt der eigentlich?"

"Drüben im Rettungswagen." Haberstock deutete, unverdrossen kauend, auf den weiß-rot lackierten Sprinter, der auf dem Zufahrtsweg stand. "Der Notarzt versucht gerade, seinen Kreislauf zu stabilisieren. Der arme Kerl kotzt sich die Seele aus dem Leibe."

"Kein Wunder", murmelte Daniel verständnisvoll. "Und was ist mit dem Hund da, den jemand am Papierkorb angebunden hat?"

Haberstocks Grinsen wurde noch breiter.

"Das ist der Hund, der die Leiche gefunden hat." Er sog genüsslich an seinem Kaugummi. "Ich würd' dem nicht zu nahe kommen. Der hat sich nämlich in dem Leichenmatsch gewälzt."

Daniel Beekmann merkte, wie sein Magen anfing sich zu heben. "Wem gehört er?"

"Dem Typen, der gerade vom Notarzt versorgt wird." Kurt Haberstock kaute unbeeindruckt. "Ich glaub nich', dass der den Hund vorerst wiederhaben will."

"Okay." Die Art des Kriminalassistenten ging Daniel gehörig auf die Nerven. "Dann sorgen Sie dafür, dass sich jemand um das Tier kümmert."

Kurt Haberstock klappte der Unterkiefer herunter.

"Wieso ich?", rief er Daniel hinterher, der bereits über den Strand zu seinem Wagen ging.

"Weil ich es sage!", rief Daniel zurück, ohne sich nach KA Haberstock umzusehen.

Der Leichengestank folgte dem jungen Kriminalkommissar bis in seinen Wagen hinein, mit dem er kurz darauf in Richtung Wilhelmshaven davonfuhr. Er wusste, dass er diesen penetranten Geruch vorläufig nicht loswerden würde.

Eigentlich hatte Jeanette vorgehabt, gleich nach dem Frühstück zu Fenna Jessen zu fahren. Die Geschichte der Deichvilla interessierte sie. Jeanette wollte unbedingt erfahren, wie die derzeitige Besitzerin über die Geschichten dachte, die sich darum rankten, und ob sie an den Fluch glaubte, der angeblich auf dem Anwesen lasten sollte. Doch als Miene Harmsen sie mit der Nachricht empfing, dass man am frühen Morgen einen Toten im Watt gefunden hatte, änderte Jeanette ihre Pläne ab.

"Stell dir vor, der Mann hatte keinen Kopf!" Miene schüttelte sich vor Ekel. "Eine kopflose Leiche, brrr, wie unheimlich!"

"Wer hat den Toten gefunden?", wollte Jeanette wissen, während sie für Miene und sich Tee eingoss.

"Ein Camper", antwortete Miene immer noch schaudernd. "Genauer gesagt, der Hund eines Campers. Stell dir das mal vor!" Sie schüttelte sich. "Ich weiß jedenfalls, weshalb ich keinen Hund haben möchte."

Gleich nach dem Frühstück radelte Jeanette zu dem abgesperrten Strandstück. Hier waren immer noch Beamte der Spurensicherung damit beschäftigt, das Terrain nach Fundstücken abzusuchen. Polizeifahrzeuge mit zuckenden Blaulichtern standen auf dem Deich und dem Zufahrtsweg, Uniformierte hielten die Gaffer in Schach, die gegen das Flatterband drängten.

Die Presse war natürlich auch schon da. Vom "Ostfriesen Kurier" bis zu "Bild" waren Journalisten und Fotografen aller Printmedien vertreten.

Etwas abseits vom Geschehen stand Paulina. Ihr Gesicht war so blass, dass es im hellen Morgenlicht zu leuchten schien. Ihr Blick war starr auf die Menschenmenge gerichtet, während sich ihre Lippen bewegten, als würde sie sich mit jemandem unterhalten.

Sie bemerkte Jeanette erst, als diese sie ansprach.

"Oh, Jeany." Paulina strich sich eine Haarsträhne aus dem Gesicht, die der Wind gleich wieder zurückblies, und lächelte Jeanette an. "Ach, ich hasse meine Träume."

Jeanette betrachtete sie aufmerksam.

"Du hast es gesehen, nicht wahr?"

Die Freundin nickte. Ihre Miene drückte Schmerz und zugleich Bedauern aus.

"Ja, und es hat mit dieser verdammten Villa zu tun." Sie ballte die Hände zu Fäusten, während sie die Worte ausstieß. "Ich wünschte, sie würde endlich in Schutt und Asche zerfallen, bevor noch weitere Menschen sterben müssen. Sie hat sich wahrlich genügend Opfer geholt."

"Die Villa?" Erstaunt sah Jeanette sie an. "Du glaubst wirklich, dass der Tote etwas damit zu tun hat?"

Paulina wandte sich ab und sah aufs Watt hinaus. Die Seevögel stakten darin herum, als würden sie die weißgekleideten Beamten und die Gaffer am Strand gar nicht bemerken.

"Ich bin gestern dort gewesen", verriet Jeanette, als

Paulina nicht antwortete. "Es ist wirklich ein unangenehmer Ort."

"Er ist verflucht", murmelte Paulina, ohne den Blick vom Watt abzuwenden. "Du solltest dort nicht hingehen."

Jeanette überlegte, ob sie Paulina weitere Fragen stellen konnte, entschied sich dann jedoch anders. Sie drehte sich um, ihre Blicke wanderten über die Schaulustigen hinweg zum Deich und blieben an einer jungen Frau haften. Sie stand nicht wild knipsend im Pulk der Reporter und sie hatte ihre Kamera auch nicht auf das Watt gerichtet, wo die Beamten herumstampften, sondern sie fotografierte die geifernden Gesichter der Schaulustigen, die nicht genug bekommen konnten von den traurigen und zugleich abstoßenden Szenen, die sich da draußen abspielten.

In weniger als einer Stunde würde die Flut einsetzen. Jeanette sah, wie die Beamten ihre Alukoffer und Kisten einpackten und an den Strand zurückkehrten. Ihnen folgten zwei ebenfalls in Overalls gekleidete Männer, die eine Trage zwischen sich hielten, auf der ein schwarzer Sack lag. Seinen Konturen war nicht eindeutig zu entnehmen, ob er einen menschlichen Körper oder irgendetwas anderes enthielt.

Die junge Frau ließ die Kamera sinken und bekreuzigte sich diskret, als der Sack an den Gaffern vorbei zu einem grauen Caddy getragen wurde. Die Leute hielten sich spontan die Nasen zu oder pressten sich hastig Taschentücher vor die Gesichter, was die Frau mit einem spöttischen Lächeln registrierte.

"Wer ist das?", wandte Jeanette sich an Paulina, die ihren Blicken mit den Augen gefolgt war.

"Das ist Fenna Jessen", antwortete Paulina und bemerkte sehr wohl das interessierte Aufleuchten in Jeanettes Augen. "Du möchtest sie kennen lernen, nicht wahr? Na gut, dem Schicksal kann man sowieso nicht entgehen."

"Was meinst du damit?", fragte Jeanette verwundert. Paulina ging bereits den Strand hinauf zum Deich. Eilig folgte Jeanette ihr.

Die junge Frau fotografierte wieder und schien das Herannahen der beiden Freundinnen nicht zu bemerken. Erst als die beiden sie erreicht hatten, nahm sie den Apparat herunter und sah Paulina und Jeanette an.

"Hallo Fenna, ich wollte dir Jeanette Maros vorstellen."

"Hallo, Jeanette." Lächelnd streckte Fenna Jeanette die Hand entgegen. "Ich bin Fenna Jessen. Du kannst ruhig Fenna zu mir sagen."

"Gerne." Jeanette erwiderte den Händedruck und das offene Lächeln. "Du bist nicht von der Presse, stimmt's?"

"Wie kommst du darauf?", erkundigte Fenna sich erstaunt.

"Weil du nicht die Polizisten fotografierst, sondern die Zuschauer."

Fenna lachte leise. Jeanette stellte fest, dass sie braune Augen hatte. Ein interessanter Kontrast zu ihrem rotblonden Haar, das sie am Hinterkopf zu einem Pferdeschwanz zusammengebunden hatte. Ein auffälliger Ohrring in Tropfenform schaukelte an ihrem linken Ohrläppchen.

"Ja, das stimmt", gab Fenna zu. "Ich arbeite für keine Zeitung. Die Fotos sind für eine Bilderserie, in der ich die niedrigen Instinkte in uns allen aufdecken will. Gaffen gehört mit zu den ausgeprägtesten."

"Das klingt interessant." Jeanette meinte es ehrlich. "Wie lange arbeitest du schon daran?"

"Oh, schon seit fünf Jahren", gab Fenna bereitwillig Auskunft. "Mich interessiert die Frage, ob es Unterschiede gibt bei den verschiedenen Nationalitäten. Deshalb fotografiere ich überall, wo ich hinkomme. Aber mir fehlen noch eine ganze Menge Länder."

"Und, wie sieht das Zwischenresultat aus?"

"Dass alle Menschen neugierig sind." Fenna schmunzelte belustigt. "Nur, was ihre Neugierde weckt, ist unterschiedlich."

"Oh, darüber würde ich gerne mehr erfahren", meinte Jeanette. "Menschen interessieren mich immer."

"Jeanette ist Schriftstellerin", meldete Paulina sich zu Wort. "Sie hat das Buch über unsere Region geschrieben, das im Touristikbüro ausliegt. Und sie interessiert sich für deine Villa."

Fennas Miene verschloss sich. Sie ließ die Kamera sinken und sah auf das Watt hinaus. Die Flut kam. Man sah es an den Prielen, die sich stetig mit Wasser füllten.

"Was willst du darüber wissen?"

Jeanette holte tief Luft. Was sie zu sagen beabsichtigte, erforderte ihren ganzen Mut, obwohl es eigentlich völlig harmlos klang. Doch die Erinnerungen an das, was sie gestern auf dem Anwesen erlebt hatte, weckte erneut Angst in ihr.

"Ich würde dein Anwesen gerne besichtigen und fotografieren."

Sie sah wie Fenna und Paulina zusammenzuckten.

"Nein!", stieß Fenna aus. "Nein, das geht nicht. Das ist unmöglich! Ich will das nicht."

"Oh, schade." Jeanette seufzte bedauernd. "Es wirkt so romantisch. Man könnte sicherlich einiges daraus machen."

"Es wird demnächst verkauft", erwiderte Fenna beinahe schroff. "Außerdem möchte ich nicht, dass irgendjemand darauf herumläuft. Das Haus ist baufällig, es fallen immer mal Ziegel und Steine herunter. Du könntest dich verletzen."

"Wärst du dann wenigstens bereit, mir ein wenig über die Geschichte des Hauses zu erzählen?"

Fenna und Paulina wechselten einen raschen Blick miteinander, dann wandte Paulina sich wieder Jeanette zu.

"Glaubst du an Flüche und Geister?"

Jeanette holte tief Luft.

"Früher nicht", gab sie zu. "Aber seit einem Erlebnis vor zwei Jahren..."

"Ich erinnere mich!" Fenna schlug sich mit der flachen Hand vor die Stirn. "Du warst es, die damals zusammen mit Paulina und der Polizei diese seltsame Sekte hat auffliegen lassen!" Sie sah zu Paulina. "Okay, dann weißt du, dass es auf Erden Dinge gibt, die sich nicht so ohne weiteres mit wissenschaftlichen Argumenten erklären lassen."

"Wie wäre es, wenn wir uns bei einer Tasse Tee weiter unterhalten würden?", mischte Paulina sich ein. Der Wind hatte gedreht und trug den Verwesungsgeruch jetzt direkt zu ihnen auf den Deich. Jeanette und Fenna nahmen Paulinas Idee deshalb sofort bereitwillig an.

"Gehen wir zu mir", lud Fenna die Freundinnen ein, während sie begann, ihre Ausrüstung einzupacken.

Gemeinsam verließen sie den Strand.

Fennas Haus stand gleich hinter dem Deich, an der Strandpromenade, kurz bevor diese in die Norddeicher

Straße mündet. Umgeben von einem hübschen Garten, in dem es üppig grünte und blühte, schien es den Vorbeigehenden mit seinen roten Fensterläden zuzulächeln.

Innen war es so gemütlich eingerichtet wie es von außen vermuten ließ. Das Wohnzimmer lag im rückwärtigen Teil, durch eine Glastür gelangte man auf eine kleine Terrasse, auf der bunte Gartenmöbel zum Verweilen einluden.

Vom Grundriss ähnelte es damit Paulinas Häuschen, weshalb Jeanette vermutete, dass es sich bei diesem ebenfalls um ein Fischerhaus handelte, von denen es früher noch einige mehr gegeben hatte. Sie waren inzwischen der Bauwut der Norddeicher Ferienunternehmer zum Opfer gefallen.

Während die drei Frauen im Schein der Vormittagssonne Tee tranken, berichtete Fenna, was sie über die Geschichte ihres Hauses wusste. Ihr Bericht deckte sich völlig mit dem, was Jeanette am gestrigen Abend von Miene Harmsen gehört hatte.

"Weißt du, wo das Kind geblieben ist?", fragte Jeanette, als Fenna mit ihrer Erzählung zum Ende gekommen war.

Fenna wechselten einen raschen Blick mit Paulina, die kaum merklich nickte, dann antwortete sie.

"Das Mädchen ist wahrscheinlich von seinem Vater getötet worden." Fenna seufzte bedrückt. "Ob das wirklich so ist, dafür gibt es keine Beweise. Aber ich bin sicher, dass die Kleine gewaltsam ums Leben gekommen ist und zwar innerhalb der Mauern der Deichvilla."

"Was macht dich da so sicher?"

Fenna stand auf und trat an den Rand der Terrasse.

"In unserer Familie gibt es außer diesem Fluch noch ein zweites Erbe", berichtete sie, den Blick auf die mannshohen Ritterspornstauden gerichtet, die in allen

Farben leuchteten. "Und zwar betrifft dieses Erbe nur die weiblichen Nachfahren. Wir haben alle das zweite Gesicht."

Jeanette fuhr auf.

"Du kannst in die Zukunft sehen?"

"Nein, das nicht." Fenna schüttelte den Kopf, dann sah sie Paulina an. "Es ist in etwa so wie bei Paulina. Wir haben Visionen, spüren Dinge, die andere nicht fühlen..." Sie wandte sich wieder dem Rittersporn zu. "Jede meiner Vorfahrinnen hat das Mädchen gesehen. Sie taucht immer dann auf, wenn etwas geschieht, das direkt oder indirekt mit der Villa zu tun hat."

Ein kalter Schauer rann über Jeanettes Rücken. Sie musste sich zwingen, die Worte auszusprechen, die ihr trotz der Angst auf der Zunge lagen.

"Hast du das Kind auch gesehen?"

Es dauerte eine Weile, ehe Fenna nickte.

"Ja, ich habe das Mädchen gesehen", antwortete sie mit rauer Stimme.

Für die nächste Frage musste Jeanette mehrmals Anlauf nehmen, ehe sie sie endlich aussprechen konnte.

"Wie sieht es aus?"

Fenna drehte sich um und sah sie eindringlich an. Erstaunt stellte Jeanette fest, dass sich Fennas Augenfarbe verändert hatte. Sie schimmerten plötzlich intensiv grün, wie bei einer Katze.

"Du darfst dir das nicht vorstellen, als würdest du die Person wirklich in Fleisch und Blut vor dir sehen", sagte Fenna eindringlich. "Ich kann dieses Kind nicht exakt beschreiben, nur etwa so: Es ist noch recht klein, vier, fünf Jahre vielleicht und es hat blondes Haar. Das Gesicht kann ich nicht genau erkennen. Doch ich weiß, dass es ein gelbes Kleid trägt und einen Ball in den Händen hält." Fenna drehte sich zu ihren Besucherinnen herum. "Man hört zuerst diesen Ball aufspringen, ehe das Mädchen erscheint."

Jeanettes Magen drohte sich von dem Frühstück zu trennen, das sie vor wenigen Stunden zu sich genommen hatte. Sie musste ein paar Mal schlucken, um die Übelkeit zurückzudrängen. Aber trotz dieser Übelkeit und des unheimlichen Gefühls, das ihre Nackenhaare sträubte, konnte sie nicht aufhören zu fragen.

"Gibt es außer deinen weiblichen Familienmitgliedern noch Menschen, die das Kind gesehen haben?"

Wieder wechselten Fenna und Paulina Blicke miteinander. Es war Letztere, die Jeanettes Frage beantwortete.

"Einige Leute im Ort und ich."

"Deshalb meiden die meisten Menschen das Gelände", fügte Fenna hinzu. "Ob du es nun glauben willst oder nicht. Das Haus und das ganze Gelände sind nicht geheuer."

"Okay." Jeanette stand auf und ging zu Fenna. "Willst du das Gelände deshalb verkaufen?"

"Ja." Fenna nickte. Noch immer leuchteten ihre Augen katzengrün. "Ein Ferienunternehmen mit Sitz in Lübeck interessiert sich dafür." Das Grün in ihren Augen schien noch intensiver zu leuchten. "Und ein hiesiger Bauunternehmer. Aber Henken wird das Gelände auf gar keinen Fall bekommen!"

"Henken?" Jeanette vergaß die Spukgeschichten und beugte sich neugierig geworden vor. "Ist das der Bauunternehmer, der damals in diesen Bestechungsskandal verwickelt war, dessentwegen mehrere Stadträte, Bürgermeister und sogar zwei Minister zurücktreten mussten?"

"Ja, genau dieser Mensch ist hinter meinem Grundstück her", bestätigte Fenna. "Tillmann Henken ist ein

Schuft. Ich traue ihm jede Gemeinheit zu. Begriffe wie Natur- oder Umweltschutz sind ihm vollkommen fremd."

Jeanette erinnerte sich an verschiedene Geschehnisse, bei denen der Name "Henken" eine Rolle gespielt hatte. So bei dem Großbrand eines alten Gutshofes, auf den es der Baulöwe abgesehen hatte und um den er jahrelang mit den Besitzern gefeilscht hatte. Diese hatten jedoch jedes seiner Angebote abgelehnt. Nachdem der Hof eines Nachts bis auf die Grundmauern abgebrannt war, standen die Eigner vor dem Ruin. Henken hatte das Gelände dann zu einem lächerlichen Preis ersteigert.

Bei einer anderen Aktion hatten Henkens Arbeiter in einer Nacht- und Nebelaktion den gesamten Baumbestand eines riesigen Grundstücks niedergesäbelt und die unter Denkmalschutz stehende Villa abgefackelt. Leider hatte man dem windigen Bauunternehmer nie eine Schuld nachweisen können und so hatte er unbehelligt seine Wohnsilos darauf errichten können.

"Was immer auf dem Grundstück oder in der Villa Böses nisten mag, es würde sich in Henkens Besitz multiplizieren", bemerkte Paulina im Hintergrund.

Jeanette drehte sich zu ihr herum.

"Vielleicht sollten wir der Sache mal richtig auf den Grund gehen?" Als sie die entsetzten Blicke der beiden Frauen trafen, wurde ihr bewusst, dass sie ihre Gedanken laut ausgesprochen hatte.

"Äh, ich meine ja nur...", stammelte Jeanette, über ihren eigenen Wagemut erschreckt. "Vielleicht würde es euch helfen, eure Visionen loszuwerden?"

"Es hilft nicht", sagten Fenna und Paulina wie aus einem Munde.

Fenna kehrte an den Tisch zurück und setzte sich.

"Lasst uns das Thema wechseln", bat sie und plötzlich hatten ihre Augen wieder dieses schöne Bernsteinbraun, das Jeanette als Allererstes an ihr aufgefallen war. "Erzähl mal, Paulina, wie weit seid ihr mit euren Hochzeitsvorbereitungen?"

Jeanette kam ebenfalls an den Tisch zurück und setzte sich zu den beiden. Im Grunde war sie froh über den Themenwechsel. Der Gedanke, jemals wieder einen Fuß auf dieses unheimliche Grundstück zu setzen, jagte ihr einen Angstschauer nach dem anderen über den Rücken.

Sie hoffte, das Areal nie wieder betreten zu müssen, aber eine Ahnung sagte ihr, dass ihr Wunsch nicht Erfüllung gehen würde.

Zwei Beamtinnen mussten Anna stützen, als sie den Beobachtungsraum verließ. Man hatte ihr die Prozedur der Identifizierung nicht ersparen können, wohl wissend, dass ihr ein grausiger Anblick bevorstand, auch wenn der Pathologe versucht hatte, den Körper wenigstens halbwegs herzurichten. Um ihr wenigstens den Geruch zu ersparen, hatte man Anna in einen Nebenraum geführt, in dem sonst, durch eine große Glasscheibe vom Sezierraum getrennt, Studenten und Polizeianwärter der Arbeit der Pathologen zusahen. Der Anblick des toten Körpers hatte Annas schlimme Befürchtung zur Gewissheit werden lassen und der Schock dieser Erkenntnis drohte, sie umzuwerfen.

Mit einem Aufstöhnen sank sie auf die harte Holzbank nieder und schlug die Hände vors Gesicht.

"Mir ist schlecht", flüsterte sie mit heiserer Stimme, worauf eine der Beamtinnen ihr ein Glas Wasser reichte. "Aber ich will mein' Mattes trotzdem seh'n."

"Möchten Sie etwas zur Beruhigung?", erkundigte sich die jüngere der beiden Polizistinnen freundlich, ohne auf Annas Verlangen einzugehen.

Sie hob den Kopf und starrte die Frau entgeistert an, dann schüttelte sie den Kopf.

"Nee." Sie erhob sich und sofort standen auch die beiden Beamtinnen bei ihr, um sie zu stützen. "Ick will na Huus. Ik moot mi doch um Mattes' Beerdigung kümmern." Im nächsten Moment richtete sie sich kerzengerade auf. "Wo habt ihr seinen Kopp latten?", kreischte sie aufgebracht. "Ik kunn mein' Mattes doch nich' ohne sein' Kopp beerdigen."

"Psst, psst", machte die Ältere der beiden Polizistinnen. "Ganz ruhig."

Anna wollte sich nicht beruhigen. Alles, was sie seit Mattes' Verschwinden getan hatte, war, "ruhig" zu sein. Jetzt wollte sie nicht länger tatenlos zusehen, wie Dinge geschahen, die sie nicht wollte.

"Ik will, datt Mattes seinen Kopp zurückbekommt!", verlangte sie entschlossen. In ihren Augen flackerte es irre. "Wo habt ihr den versteckt? Los, sucht ihn gefälligst. So ein' Kopp kann man doch nicht einfach verschlampen!"

Dr. August Sägeberg, Polizeiarzt und häufig auch Psychotherapeut, Beichtvater und erste Anlaufstelle für fast alle Beamten dieser Kripoeinheit, sowie für Opfer und deren Angehörige und manchmal auch für die Täter, drückte die überflüssige Luft aus dem Kolben, dann trat der zu Anna und stach ihr die Kanüle in den Oberarm. Es ging so schnell, dass sie den Einstich kaum spürte. Erstaunt sah sie die beiden Polizistinnen an, die sie eisern festhielten.

"He!", rief Anna mit schwacher Stimme. "He, ihr

sollt doch meinen Mattes sin Kopp suchen..." Dann knickte sie in den Knien ein.

Am nächsten Morgen wurde Jeanette von Paulinas Anruf geweckt.

"Heute findet in Greetsiel das große Hafenfest statt", informierte Paulina ihre Freundin. "Ich dachte, dass wir uns das ansehen sollten. Fenna wird auch dort sein. Sie will fotografieren."

Jeanette erinnerte sich, dass sie mehrere Plakate gesehen hatte, die auf das Fest hinwiesen. Sie hatte sogar überlegt, dorthin zu gehen, die Ereignisse der vergangenen Tage hatten sie ihr Vorhaben jedoch vergessen lassen.

"Das ist eine gute Idee", stimmte Jeanette jetzt zu. Sie wollte endlich an etwas anderes denken als an Kinder in gelben Kleidchen und Wattleichen. "Wann geht es los?"

"Ich hole dich um zehn bei Miene Harmsen ab", versprach Paulina. "Wir fahren mit den Rädern. Bei dem Andrang, der dort herrschen wird, finden wir sowieso keinen Parkplatz und außerdem können wir dann was trinken."

"Oh, du kannst deinen Führerschein auch wegen Trunkenheit am Lenker verlieren", scherzte Jeanette, worauf Paulina lachte.

"Das Risiko gehe ich ein."

Gut gelaunt sprang Jeanette aus dem Bett, duschte und zog sich an.

Die pittoreske Innenstadt präsentierte sich im vollen Feiertagsschmuck. Den Hafen hatte man ganz besonders herausgeputzt. Überall wehten Fahnen im Wind und die Masten und Taue der Krabbenkutter waren mit Wimpeln, Fahnen und bunten Lichterketten geschmückt.

Riesige Blumenbögen spannten sich über die Gassen und an die Brückengeländer hatte man dicke Girlanden und Bänder gebunden.

Am Abend würde es hier sicher traumhaft schön aussehen, überlegte Jeanette, während sie durch die Stadt schlenderte. Paulina hatte sich schon vor zwei Stunden fürs Erste verabschiedet, weil sie noch einige Einkäufe erledigen wollte, weshalb sie letztendlich doch gemeinsam mit dem Auto gefahren waren. Und Fenna hatte sich ihre Ausrüstung geschnappt und war auf Motivsuche gegangen.

Jeanette hatte ebenfalls schon jede Menge Fotos geschossen. Jetzt stand sie auf der alten Schleusenbrükke und sah auf den Tanzplatz hinunter, auf dem sich die Paare im Takt zu einem gängigen Schlager drehten.

Die fünfköpfige Liveband stand auf einer improvisierten Bühne. Ihre Mitglieder, fünf schnuckelige Jungs von höchstens zwanzig Jahren, schwitzten sich unter der vorsorglich angebrachten Regenplane die Seele aus dem Leib. Aber sie hielten tapfer durch. Gerade wurde ihnen von einer mitfühlenden Seele ein ganzes Tablett voller Biergläser hochgereicht, das der Lead-Gitarrist dankbar annahm.

Langsam drehte Jeanette den Kopf nach links und sah zu den schmucken Geschäften, die in den wunderhübschen im Holländischen Stil erbauten Häusern untergebracht waren. Die weißen Schmuckornamente an den Giebeln waren frisch gestrichen worden und glänzten im Sonnenschein so hell, dass Jeanette geblendet die

Augen schließen musste.

Als sie wieder auf den Tanzplatz blickte, entdeckte sie Fenna unter den Gästen, die am Rande der Tanzfläche standen. Neben ihr ragte die schlanke Gestalt eines jungen Mannes auf, der sie unvermittelt in die Arme nahm und sie im Takt eines Walzers mit sich fortzog.

Zunächst sah es so aus, also wollte Fenna sich gegen den unfreiwilligen Tanz wehren. Doch dann legte sie den Kopf zurück, lachte und überließ sich der Melodie.

Jeanette nahm ihre Kamera, schoss ein paar Bilder von dem Paar und verließ die Brücke.

"Siehst du." Ibo Klaasen strahlte glücklich. "Das ist doch gar nicht so schwer. Du musst dich nur ein kleines bisschen gehen lassen."

"Das ist gefährlich", erwiderte Fenna. Sie wollte stehen bleiben, aber Ibo drehte sich einfach mit ihr im Kreis, bis ihr schwindelig wurde und sie sich an ihm festhalten musste.

"Das ganze Leben ist gefährlich, mein Schatz." Er lachte unbeschwert und zog Fenna dichter zu sich heran. "Komm, lach und genieße den Tag. Du bist immer viel zu ernst."

"Ach, Ibo." Nur zu gerne hätte Fenna sich in eine Affäre mit dem gutaussehenden Tierarzt gestürzt. Leider konnte auch dieses fröhliche Fest die Gedanken an den Fluch nicht vertreiben. Die Urangst saß in ihr und ließ sie nicht los. "Ibo, es ist nicht so, dass..."

"Psst." Er legte ihr den Zeigefinger über die Lippen. "Nicht heute, bitte. Ich freue mich so sehr, dass ich dich endlich mal in den Armen halten kann. Lass mir dieses Vergnügen, ja?"

Fenna wollte widersprechen, dann machte sie tatsächlich den Mund zu und lehnte die Stirn gegen Ibos Brust. Sie konnte ihn durchaus verstehen. Sie war im Moment ja auch ein kleines bisschen glücklich und wenn dieses Glück nur einen oder zwei Tänze dauerte, dann war daran wirklich nichts auszusetzen. Also gab sie sich ganz der Musik hin und verschob alle Probleme, die ihr das Leben schwer machen wollten, auf später.

Leider legte die Band irgendwann eine Pause ein und die Paare verließen die Tanzfläche. Fenna löste sich nur widerstrebend aus der Umarmung. Es fiel ihr schwer auf Ibos körperliche Nähe verzichten zu müssen.

Er wollte mit ihr noch an einen der Getränkestände gehen, doch Fenna schüttelte ablehnend den Kopf.

"Ich muss jetzt wirklich wieder arbeiten." Um Ibo daran zu hindern, sie noch einmal einfach mit sich zu ziehen, blieb Fenna stehen und stemmte sich ihm mit aller Kraft entgegen.

Erstaunt sah Ibo sie an, als er den energischen Widerstand spürte.

"Ich muss arbeiten", wiederholte Fenna. "Tut mir Leid, Pflicht ist..."

"Ibo! Ibo!" Die Männerstimme unterbrach Fennas Rede. Beide, Fenna und Ibo, sahen in die Richtung, aus der der Ruf gekommen war. Als Ibo seinen alten Freund Jann Haversum erkannte, erschien ein erfreutes Lächeln auf seinem Gesicht."

"Hallo Fenna, hey Ibo." Jann hatte sich durch das Gedränge der Besucher gekämpft und stand nur breit lächelnd vor dem Paar. "Habt ihr es schon gehört?"

"Was?", fragte Fenna und vergaß, dass sie eigentlich gehen wollte.

"Der Tote, den sie gestern Morgen im Watt gefunden haben, ist Mattes Kühneweiß."

"Mattes Kühneweiß, unser Mattes?" Bestürzt sah Ibo zu Fenna, dann zu seinem Freund. "Ist das sicher?"

Jann nickte mit ernster Miene.

"Anna hat ihn erkannt – auch ohne Kopf."

"Mein Gott, wie schrecklich!" Fenna schlug die Hände vors Gesicht und schüttelte sich. "Die arme Anna."

"Die Jungs von der Genossenschaft wollen nachher eine Sammlung für Anna und den verstorbenen Mattes veranstalten", erzählte Jann aufgeregt. "Er war zwar ein fürchterlicher Säufer, aber trotzdem einer von uns. Und Anna wird das Geld dringend brauchen."

"Das ist eine gute Idee." Ibo hatte bereits seine Brieftasche gezückt und nahm einen Schein heraus. "Das will ich dann schon mal gleich in den Topf tun."

Fenna schloss sich mit einem etwas kleineren Betrag an. Dafür, dass sie den ewig betrunkenen Fischer nicht besonders hatte leiden können, war das eine ganze Menge, befand sie und reichte das Geld an Jann weiter, der sich herzlich bedankte.

Die Unterhaltung, die nun zwischen den beiden Freunden entstand, bot Fenna die Gelegenheit, sich unauffällig aus dem Staube zu machen und in den Strom der Besucher einzutauchen, der jetzt in Richtung Hafen drängte.

Fenna war jedoch die Freude an dem Fest vergangen. Ja, es schien ihr so, als würde die Sonne nicht mehr so hell scheinen, wie vor Jann Haversums Auftauchen. Der böse Geist der Deichvilla hatte sie wieder eingeholt.

"Du bist der größte Trottel, den die Menschheit je gesehen hat!" Tillmann Henken sah seinen Sohn hasserfüllt an. "Nichts, aber auch rein gar nichts bekommst du auf die Reihe. Wenn man dir sagt, leere einen Eimer Wasser, dann säufst du Idiot ihn aus, anstatt ihn umzukippen. Mein Gott, womit habe ich ausgerechnet so einen Versager als Sohn verdient?"

Onno ließ den Kopf hängen wie ein Hund, der ergeben die Strafe seines Herrn erwartet. Er kannte die Tiraden, die über ihn hinwegbrandeten, inzwischen auswendig. Heute fügte sein Vater allerdings ein neues Detail hinzu.

"Schlappschwanz!" Tillmann spuckte ihm das Wort regelrecht vor die Füße. "Da, das ist ein Kerl! Der nimmt sich, was er will."

Tillmanns Rechte schoss vor, packte Onnos Genick und zwang ihn, zu der Tanzfläche zu sehen, auf der Ibo Klaasen sich gerade mit Fenna im Arm zu einem Walzer drehte.

"Das da ist die Frau, mit der du tanzen solltest", zischte Tillmann, kochend vor Wut auf den Sohn. "Die Frau, mit der du schon längst zumindest verlobt sein solltest. Und was hast du erreicht? Nichts! Himmel, du bist kein Kerl, du bist ein lauwarmes Nichts, das wahrscheinlich als einzige männliche Jungfrau in die Kiste gehen wird. Ich habe keinen Sohn, sondern eine schwanzlose Memme in die Welt gesetzt."

Onno starrte auf den Tanzplatz hinunter. Er sah, wie Ibo den Arm um Fenna legte und sie sich an seine Brust schmiegte. Der Anblick ließ eine heiße Welle aus Wut und Scham in ihm hochbranden.

"Sie hat keine Zeit!", hörte er seinen Vater hinter sich höhnen. "Für dich hat sie keine Zeit, weil sie sich schämt, sich mit einem Versager wie dir irgendwo sehen zu lassen. Mann, wenn ich deine Mutter nicht am Hals hätte, ich würde dieses Mädchen ganz bestimmt dazu kriegen, mich zu nehmen. Ich ganz sicher und jeder andere richtige Kerl auch."

Tillmann ließ den Hals seines Sohnes los. Seine Finger hinterließen große, leuchtend rote Flecken auf der blassen Haut.

"Geh mir aus den Augen, du Versager!", fauchte Tillmann und versetzte Onno einen Fußtritt. "Mach, dass du wegkommst. Ich kann deinen Anblick nicht mehr ertragen."

Onno duckte sich und versuchte, sich vorbei an den anderen Gästen, die auf der Tribüne standen, aus der Sicht- und Reichweite seines Vaters zu bringen. Sie alle hatten die Szene miterlebt. Manche wirkten verlegen, sogar beschämt, andere versuchten, ihre Schadenfreude zu verbergen, und einige grinsten ganz offen. Egal, wie sie alle reagierten, für Onno war es eine weitere tiefverletzende Demütigung, vor ihnen derart bloßgestellt worden zu sein. In diesem Moment hasste er seinen Vater so sehr, dass er ihn am liebsten umgebracht hätte. Doch er wusste, dass ihm der Mut dazu fehlte – noch...

Paulina hatte einen kleinen Schwips. Sie saß lächelnd auf dem Rücksitz, während Jeanette, die auf dem Beifahrersitz saß, aus dem Fenster sah.

"Was ist dieser Mattes Kühneweiß eigentlich für ein Mensch gewesen?, wandte Jeanette sich an Fenna, nachdem sie eine ganze Weile schweigend durch die

Nacht gefahren waren.

Die Nachricht, dass es sich bei dem unbekannten Wattopfer um Mattes handelte, war am Nachmittag das Gesprächsthema Nummer eins auf dem Hafenfest gewesen. Gerührt hatte Jeanette miterlebt, wie nahe sich die Menschen hier standen und wie dicht sie in der Not zusammenrückten.

Man hatte eine Schweigeminute für den Fischer eingelegt und eine Sammelaktion gestartet, bei der mehrere tausend Euro zusammengekommen waren, die man der Witwe übergeben wollte.

"Oder hast du ihn nicht gekannt?", hakte Jeanette nach als Fenna nicht antwortete.

"Oh, doch." Fenna nickte zur Bekräftigung. "Jeder Mensch zwischen Norddeich und Greetsiel, beziehungsweise Berumersiel, und jeder Wirt zwischen hier, Emden und Wilhelmshaven hat ihn ebenfalls gekannt. Er war gerne und viel unterwegs."

"Wer könnte Grund gehabt haben, ihn umzubringen?"

Fenna hob die Schultern.

"Keine Ahnung." Sie holte tief Luft. "Mattes war ein alter Säufer, der sich überall durchgeschnorrt hat. Aber er hat niemandem etwas zu Leide getan.

"Auf welchem Schiff fuhr er?"

Paulina lachte, dann kam ein hohes "Hicks" vom Rücksitz und dann erneut ein Kichern.

"Mattes, auf einem Schiff?" Sie hickste erneut. "Kein Kapitän oder Vormann hätte sich das angetan. Er war doch dauernd blau."

"Und wovon hat er dann gelebt?"

"Er hat beim Umladen der Laster geholfen, die für die Baltrumer Fähre zu groß waren", übernahm Fenna das Antworten. "Oder er hat Gartenarbeiten verrichtet,

Zäune gestrichen oder mal kleine Reparaturen ausgeführt. Mattes hat sich hier überall ein paar Euro verdient. Sogar als Packer beim Kaufmann oder in der Küche vom Mare Blau als Spüler."

"Und bei Henken als Chauffeur", lallte Paulina vom Rücksitz. "Oh Mann, Daniel wird sich wundern, wenn er nach Hause kommt – hicks –, aber er kommt heute nich' nach Hause, weil er so'n blöden Bereitschaftsdienst hat und in Wilhelmshaven bleiben muss. Eh, könnt ihr mir sagen, wieso ich ausgerechnet einen Bullen heiraten will?"

"Weil du ihn liebst", antwortete Jeanette, worauf Paulina "Aasooo", nuschelte und sich schläfrig in das Polster kuschelte. "Ich wusste, irgendeinen Grund hatte die Sache doch."

Jeanette lächelte liebevoll, als sie sich umdrehte und in Paulinas schlafendes Gesicht blickte.

"Mattes hat bei Henken gearbeitet?", nahm sie den Faden dann wieder auf.

"Ja." Fenna stoppte an einer Kreuzung und vergewisserte sich, dass keine Autos kamen. Dann legte sie den Gang ein und fuhr weiter. "Mattes hat überall angepackt, wo er Geld für seinen Schnaps verdienen konnte." Sie schaltete einen Gang höher. "Für Henken hat er allerdings in letzter Zeit recht oft gearbeitet. Er durfte sogar die Familienjacht steuern. Natürlich nur, wenn er absolut nüchtern war."

"Mhmm... komisch..." Jeanette sah nachdenklich aus dem Fenster.

"Was ist komisch?", fragte Fenna. Sie drosselte das Tempo und schaltete wieder herunter, weil sie nun durch eine Ortschaft fuhren.

Jeanette sog tief die Luft ein, ehe sie antwortete.

"Es ist komisch, dass wir bei unseren Gesprächen

immer bei diesem Henken landen", gab sie ihre Gedanken preis. "Ist das Zufall, oder gibt es da doch irgendeine Verbindung?"

Fenna runzelte die Stirn, dann schüttelte sie den Kopf.

"Mit unserem Familienfluch hat Henken nun wirklich nichts zu tun."

"Wer weiß?" Jeanette lehnte den Kopf gegen die Nackenstütze und schloss die Augen. "Irgendwo ist auf jeden Fall zwischen Mattes, Henken und deiner Villa eine Verbindung. Und die würde ich gerne entdecken, selbst wenn ich mir vor Angst fast in die Hose mache."

"Das heißt, dass du doch noch mal auf das Grundstück gehen willst?" Fennas Augen hatten plötzlich wieder diesen grünen Glanz, der sogar im Halbdunkel der Innenbeleuchtung zu sehen war.

"Ja", antwortete Jeanette mit zittriger Stimme. Fennas Nähe war ihr plötzlich aus unerklärlichen Gründen unangenehm. Und nicht nur das, Jeanette hatte auf einmal Angst vor ihr.

Die Dunkelheit hatte ein schwarzes Tuch über den Park gebreitet. Wenn Frauke zu Hause war, brannten die Laternen, die rechts und links neben den gekiesten Wegen standen. Aber Frauke war nach Berlin zu ihrer Schwester gefahren und deshalb blieben die Lichter aus. Tillmann hielt es für eine Verschwendung, sie brennen zu lassen, und das Argument "Es sieht schön aus" war für ihn eine völlig blödsinnige Begründung.

Er stand am Fenster seines heimischen Arbeitszimmers und starrte in die Finsternis hinaus. Das tat er schon so lange, dass sich seine Augen an die Lichtverhältnisse gewöhnt hatten und er deutlich die Bäume, Büsche und Skulpturen erkennen konnte. Letztere hatte Frauke angeschafft, weil sie es "schick" fand und weil es nun mal der Imagepflege diente, sich mit Kunstgegenständen zu umgeben.

Doch Tillmann nahm das alles momentan nicht wahr. Seine Gedanken beschäftigten sich mit einem Vorfall, der ihm rätselhaft und unerklärlich war.

Auch ihn hatte inzwischen die Nachricht vom Tode des Fischers Mattes Kühneweiß erreicht. Doch es war nicht das Ableben des stadtbekannten Säufers, das den Bauunternehmer bewegte, sondern es war die Frage, was und ob der Fischer bei seinem Auffinden irgendetwas bei sich getragen hatte.

Vor seinem geistigen Auge sah Tillmann den dicken braunen Umschlag, der den ganzen Tag auf seinem Schreibtisch gelegen hatte. Wo war er geblieben?

Und wer außer ihm, Onno und Mattes hatte davon gewusst?

Lauerte etwa irgendwo ein Trittbrettfahrer, der jederzeit aus dem Dunkel treten und seine, Tillmanns, Pläne gefährden konnte?

Mit Mattes zu verhandeln, war kein Problem gewesen. Der dumme Kerl hatte einfache Wünsche, die man leicht befriedigen konnte. Doch der Unbekannte, der Mattes' Leben rücksichtslos beendet hatte, würde sich nicht so leicht abspeisen lassen.

Oder war Mattes durch einen Unfall ums Leben gekommen?

Tillmann runzelte vor Anstrengung die Stirn. Sein Kopf begann zu schmerzen, er konnte dennoch nicht aufhören, über die ganzen Fragen nachzudenken, die durch sein Hirn wirbelten.

Die Möglichkeit, dass Mattes Kühneweiß seine Vorfreude im Fährkeller begossen hatte und auf dem Heimweg sturzbetrunken irgendwo ins Wasser gefallen war, bestand durchaus. Dann lag der Umschlag jetzt irgendwo auf dem Grund des Hafenbeckens.

Tillmann stöhnte auf, weil er trotz allem Überlegens zu keinem Ergebnis kam. Abrupt wandte er sich um, trat an den Schreibtisch und entnahm einer der Schubladen die Cognacflasche, die immer dort bereitlag.

Entschlossen goss er das Glas randvoll und leerte es in einem Zug, doch die Gedanken ließen sich nicht beruhigen. Also gönnte er sich noch ein zweites und dann noch ein drittes Glas.

Als Onno zwei Stunden später auf Zehenspitzen ins Zimmer schlich, fand er seinen Vater am Schreibtisch sitzend vor, den Körper vorgebeugt, der Kopf ruhte auf der Tischplatte und seine Arme hingen rechts und links schlaff herunter, so als hätte ihn ein Schlag getroffen. Für ein paar wenige Sekunden durchflutete Onnos Brust das köstliche Gefühl irrer Freude und Erleichterung. Dann murmelte Tillmann etwas Undeutliches, schnarchte einmal und schlief weiter.

Der intensive Alkoholgeruch im Raum und die leere Flasche neben Tillmanns Kopf verrieten dem Sohn, dass sein Vater sturzbetrunken war.

Zutiefst enttäuscht schlich Onno aus dem Raum und schloss behutsam die Tür hinter sich.

In Jeanettes Kopf herrschte ein solches Durcheinander,

dass sie die halbe Nacht damit zubrachte, sich im Bett herumzuwälzen. Um sieben Uhr in der Früh hielt sie es nicht mehr aus. Sie griff nach dem Telefon und rief ihren Freund Martin Kuhnert an.

Martin war als Computerspezialist und Ausbilder für das BKA tätig. Er versorgte Jeanette mit den notwendigen Informationen, die sie für ihre Kriminalromane benötigte, von denen sie bisher fünf veröffentlicht hatte. Martin befand sich glücklicherweise schon im Präsidium, obwohl er normalerweise nicht zu den Frühaufstehern gehörte.

Jeanette erzählte ihm alles, was bisher vorgefallen war. Angefangen bei der Entdeckung der Villa, den Gesprächen mit Miene Harmsen und Fenna Jessen und natürlich Mattes Kühneweiß, dessen Leiche man im Watt gefunden hatte.

"Was mich stutzig macht, ist die Tatsache, dass bei all diesen Vorfällen immer wieder der Name eines gewissen Tillmann Henken fällt", schloss sie ihren Bericht und verriet damit zugleich den Grund für ihren Anruf. "Kannst du mit dem Namen etwas anfangen?"

Auf der anderen Seite der Verbindung herrschte zunächst Schweigen. Als Martin schließlich sprach, hatte seine Stimme einen nachdenklichen Klang.

"Irgendwas klingelt da bei mir im Hinterkopf. Ich kriege bloß keine Bilder."

"Könntest du vielleicht mal ein paar diskrete Nachforschungen anstellen?", fragte Jeanette bewusst ein wenig verführerisch-kokett, denn so ganz war das, was sie von Martin verlangte, nicht erlaubt. Der Freund sprang sofort auf diesen Ton an.

"Na gut, ich werde mal sehen, ob ich etwas über den Typen finde", versprach er. "Warte, ich mache mir rasch ein paar Notizen. Also, der Name ist Tillmann Henken?"

Jeanette bejahte. Sie gab ihm alle Informationen, die sie über den Bauunternehmer in Erfahrung gebrachte hatte, dann verabschiedete sie sich und legte auf.

Jetzt, nachdem sie mit Martin gesprochen hatte, fiel ein Teil der Unruhe von ihr ab, die sie um den Schlaf gebracht hatte. Mit neuer Energie erfüllt, ging sie unter die Dusche, kleidete sich an und ging zu Miene Harmsen, um in deren gemütlicher Küche das Frühstück einzunehmen.

Als Jeanette den kleinen Wirtschaftsraum betrat, durch den man in Mienes Küche gelangte, wartete diese mit einer Überraschung auf sie.

"Deine Tante ist angekommen." Miene strahlte, als gelte Tante Bettys Besuch ihr persönlich. "Ich habe sie in Jans altem Kinderzimmer einquartiert. Sie wartet in der Küche auf dich."

Jeanette war innerlich erstarrt. Tante Betty war der letzte Mensch, den sie hier sehen wollte. Die liebe alte Dame würde sich mit Freuden auf das verfluchte Grundstück stürzen und ihren gesamten Esoterikclub anreisen lassen, um am "lebenden Objekt" hemmungslos ihre sämtlichen Geisterjägerutensilien auszuprobieren.

"Na, komm, dann sag deiner Tante mal guten Tag." Mienes Stimme klang wie aus weiter Ferne an Jeanettes Ohren. "Trinkt sie Kaffee oder Tee zum Frühstück?"

"Kaffee", murmelte sie und folgte Miene in die Küche. Tatsächlich, da saß Tante Betty und las aufmerksam den Ostfriesen-Kurier.

Der Leichenfund wurde ausführlich beschrieben. Als Jeanette und Miene eintraten, leuchteten Bettys Augen vor Sensationslust. Sie nahm sich kaum die Zeit, ihre

Nichte zu begrüßen.

"Hast du das gewusst?" Ihr Zeigefinger tippte aufgeregt auf den Artikel. "Mein Gott, Kind, ist das spannend! Und du hast mich nicht angerufen."

"Tut mir Leid, Tante." Jeanette gab ihr einen Kuss auf die gepuderte Wange. "Aber du kennst mich doch inzwischen."

"Leider." Betty verzog die Lippen. "Deswegen bin ich ja hier. Meine Intuition hat mir gesagt, dass du irgendwie in Schwierigkeiten steckst. Also los, sag die Wahrheit."

"Ich stecke überhaupt nicht in Schwierigkeiten, sondern mitten in Paulinas Hochzeitsvorbereitungen", widersprach Jeanette energisch. "Wirklich, Tantchen, du hättest nicht herkommen müssen. Es ist alles in Ordnung."

"Du recherchierst doch nebenbei über die Geschichte der Deichvilla", fiel ihr Miene ahnungslos in den Rükken. "Das ist ein sehr altes Gebäude, um das sich viele düstere Legenden ranken", fuhr sie an Betty gerichtet fort. "In jeder Familie, die bisher darin gelebt hat, ist mindestens ein Mitglied eines nicht natürlichen Todes gestorben."

Mienes Worte waren wie der Essensgong für einen Vielfraß. Tante Bettys Augen begannen sofort vor sensationslüsterner Neugierde zu funkeln.

"Dunkle Geheimnisse und Legenden?" Begeistert klatschte sie in die Hände. "Wie gut, dass ich meiner inneren Stimme gefolgt bin. Du brauchst ganz sicher meine Hilfe."

"Nein, Tante Betty!", beteuerte Jeanette inständig, aber die Tante winkte ab. Sie würde sich durch nichts mehr von ihren Plänen abbringen lassen.

Jeanette gab es auf.

"Ich fahre nach dem Frühstück noch mal zu der Villa", teilte sie der Tante mit. "Ich will ein paar Fotos machen."

"Da komme ich mit", entschied Betty und griff entschlossen in den Brotkorb. "Komm Kind, iss etwas. Du wirst deine Kräfte brauchen."

Resigniert ließ Jeanette sich auf den Stuhl sinken.

Jeanette wollte das Auto nehmen, aber Tante Betty bestand darauf, mit dem Rad zu fahren.

"Ich will die gesunde Seeluft genießen", erklärte sie resolut. "Außerdem tut mir die Bewegung gut. Also stell dich nicht so an. Wir radeln, basta."

"Dann müssen wir erst eines mieten", seufzte Jeanette, worauf Betty fröhlich lachte.

"Müssen wir nicht", erwiderte sie gut gelaunt und unternehmungslustig. "Die nette Vermieterin hat mir das ihre angeboten."

Obwohl sich alles in ihr sträubte, schwang Jeanette sich also auf ihr Rad und strampelte gemeinsam mit Tante Betty über die Deichkrone noch einmal zu der verwunschenen Villa.

Das Grundstück wirkte immer noch so verwildert wie bei ihrem ersten Besuch, aber die Düsternis, die damals den Park erfüllt hatte, war verschwunden. Das gesamte Areal war heute nichts anderes als eine völlig zugewucherte Wildnis, in der alle möglichen Tiere nisteten.

Gemeinsam traten die Frauen durch das Tor. Wie Jeanette es vorausgesehen hatte, trug Tante Betty ihr kleines braunes Köfferchen bei sich, in dem sich neben einer Wünschelrute und verschiedenen Pendeln, auch noch andere, Antennen gleichende Gerätschaften befanden, die sie nun eilig auspackte.

Während sie damit neben Jeanette dem verwachsenen Weg zur Villa entlanggingen, fuchtelte Betty mit der "Geisterantenne" herum, stak den langen Draht mal ins Gebüsch, hob ihn dann wieder in die Luft und blieb schließlich vor der steinernen Treppe stehen.

Langsam, die Antenne immer herumschwenkend, stieg sie die Stufen hinauf, dann kehrte sie zu Jeanette zurück, die unten stehen geblieben war. Gemeinsam gingen sie den ganzen Weg zurück zum Tor.

Jeanette spähte dabei immer wieder ängstlich in das Dickicht, immer in der Erwartung, dass das Grauen zurückkehren würde. Aber nichts dergleichen geschah. Stattdessen entdeckte sie, kurz bevor sie das Tor erreichten, zwischen den dornigen Ranken eine ausgeblichene Plastiktüte, die der Wind wohl schon vor langer Zeit dorthin geweht haben musste. Bei ihrem Anblick musste Jeanette unwillkürlich lachen, eine Reaktion auf die angstvolle Anspannung, unter der sie gestanden hatte.

Erstaunt sah Betty sie an, dann klappte die gute Tante ihr Köfferchen auf und legte die Antenne hinein.

"Keine Geister", stellte sie dabei mit leichter Enttäuschung in der Stimme fest. "Schade, ich hatte gehofft, wenigstens einen bösen Fluch erloten zu können."

"Ach, Tantchen." Jeanette nahm ihr Rad und wartete darauf, dass Betty ihren Koffer im Korb verstaute. "Natürlich sind da keine Geister. Das ist ein alter Volksglaube, eine Sage, wie es sie in vielen Regionen gibt. Das Haus und der Park sind nur schrecklich verwahrlost, das ist alles."

Ihre Worte klangen forsch, trotzdem war Jeanette froh, als sie endlich aufstiegen und nach Norddeich zurückradelten.

Auf halber Strecke kam ihnen Paulina entgegen geradelt.

"Hey, da bist du ja." Sie stoppte, nahm die Füße von den Pedalen und stellte sie auf den Boden. "Ich wollte dich bei Miene Harmsen abholen, aber sie sagte mir, dass du Besuch bekommen hast und mit ihm unterwegs bist."

"Stimmt, wir brauchten etwas Bewegung." Sie deutete auf Tante Betty. "Das ist meine Tante Bettina Mora. Tante, das ist Paulina Monnard. Sie wird in zwei Wochen heiraten."

Die Frauen reichten sich die Hände.

"Schön, Sie kennen zu lernen", sagte Paulina freundlich. "Ihre Nichte spricht oft von Ihnen."

Das war zwar gelogen, erfreute die Tante jedoch.

"Ich habe auch schon viel von Ihnen gehört", erwiderte Betty begeistert. "Bei dem Abenteuer, das Sie zusammen mit meiner Nichte erlebt haben, wäre ich zu gerne dabei gewesen."

"Wärst du nicht", widersprach Jeanette ihr. "Du hattest nach deinem letzten Aufenthalt an der Nordsee geschworen, nie wieder hierher zu kommen."

"Wieso denn das?", rief Paulina erstaunt/. Sie deutete zu den Inseln, die sich wie seit Tagen schon hinter einem leichten Dunstschleier verbargen. "Es ist doch so schön hier. Ich möchte nie wieder von hier fort."

Im nächsten Moment wandte sie sich Jeanette und Tante Betty zu und lächelte unbefangen. "Fahren wir?"

Nichte und Tante folgten der Aufforderung. Ein paar Minuten radelten sie schweigend nebeneinander her, dann blieb Jeanette stehen und sah zu der alten Werft hinunter, deren riesige Aufbauhalle und die langsam zerfallenden Nebengebäude sich direkt hinter dem Deich befanden. Das Gelände war mit einem Zaun umfriedet, der im Laufe der Jahre wohl mehrere Male ausgebessert worden war. Überall hingen Schilder mit der verblichen Aufschrift "Betreten verboten". Das altersschwache Gittertor stand, dem Verbot widersprechend, einladend offen.

Es war ein riesiges Areal. Zusammen mit den Wiesen, die es umgaben, und Fennas Erbgrundstück hätte man hier eine Hotel- und Ferienanlage der Luxusklasse errichten können. Kein Wunder, dass sich ein Bauunternehmer wie Tillmann Henken alle zehn Finger danach leckte.

Das Besondere an dem Gelände war jedoch die kleine, neuere Werftanlage auf der anderen Seite des Deiches. Sie lag zwar etwas abgesondert vom Wirtschaftshafen, gehörte jedoch noch dazu.

Hier plante Henken, laut Paulinas Auskunft, für die Gäste der Ferienanlage einen privaten Jachthafen mit eigener Reparaturwerkstatt zu errichten. Ein Service, den die Betuchten aus aller Welt sicherlich gerne in Anspruch nehmen würden.

Während Jeanette ihre Blicke über das gesamte Areal wandern ließ, wurde ihr bewusst, um welche Dimensionen es sich bei Henkens Bauvorhaben handelte. Tillmann Henken plante eine eigene kleine Stadt zu errichten, die nur die Reichsten der Reichen anlocken sollte. Für Nordens Touristikunternehmen sicherlich ein Gewinn. Für die Umwelt und das soziale Gefüge der Stadt wahrscheinlich eine Katastrophe.

"Willst du dir die alte Werft genauer ansehen?"

Paulinas Frage riss Jeanette aus ihren Gedanken und erinnerte sie daran, dass die Freundin immer noch neben ihr stand.

"Oh, ja!" Tante Betty hob bereits ihr Köfferchen aus dem Fahrradkorb.

Jeanette quittierte den fragend-erstaunten Blick ihrer

Freundin mit einem resignierend wirkenden Schulterzucken. Mit dem Fuß klappte sie den Radständer herunter und folgte ihrer Tante, die bereits losmarschierte.

Gemeinsam stiegen sie den Deich hinunter, überquerten die gepflasterte Straße und betraten das Werftgebäude.

Der Betrieb war bereits in den Siebzigerjahren stillgelegt worden. Danach hatten die Gebäude lange leer gestanden, da sich die Erbengemeinschaft des kurz nach der Schließung verstorbenen Besitzers nicht über die weitere Nutzung hatte einigen können. Erst Tillmann Henken war es Anfang zweitausendfünf gelungen, die inzwischen durch 'natürliche Einflüsse' geschrumpfte Gemeinschaft zum Verkauf zu bewegen.

Die Tinte unter dem Vertrag war noch nicht trocken gewesen, da hatten Henkens Baumaschinen auch schon mit dem Abriss der alten Hallen begonnen. Doch nur ein halbes Jahr später war der Abriss unterbrochen und seitdem nicht wieder aufgenommen worden.

Langsam wanderten die Freundinnen durch die Fabrikhalle. Es handelte sich dabei um ein langgezogenes Gebäude, in dessen Boden eine etwa zwanzig Meter lange und drei Meter tiefe Grube eingelassen war. Jede Menge Unrat hatte sich darin angesammelt. Leere Bier-, Wein- und Schnapsflaschen und alte stockige Matratzen verrieten, dass die Halle Obdachlosen als Unterkunft diente.

Im Dach fehlten teilweise die Platten. Unter den Lecks hatten sich große Wasserlachen gebildet. Jeanette fragte sich im Stillen, weshalb Henken die Abbrucharbeiten unterbrochen hatte. Es musste einen schwerwiegenden Grund dafür geben.

"Angeblich wollen die Bauern, denen die Wiesen und Äcker rundherum gehören, nicht an ihn verkaufen", wusste Paulina auf Jeanettes diesbezügliche Frage zu antworten. "Aber das stimmt nicht. Bis auf Fenna und Swantje Fehrensen haben alle schon vor drei, vier Jahren an Henken verkauft."

Tante Betty hantierte eifrig mit ihrer Wünschelrute herum. Es war ein hochmodernes Modell aus einem hochwertigen Material und mit Extrasonden, die auch die schwächsten Mikrowellen und Strahlen aufspüren sollten.

"Und, was sagt das Wunderding?", erkundigte sich Jeanette, nachdem sie ihren Rundgang durch die Halle beendet hatten.

"Schlecht, ganz schlecht", erklärte Betty, während sie das Gebäude verließen. "Das Gelände hat nicht nur eine ganz schlechte Aura, es wird auch von allen möglichen negativen Strömen durchzogen. Wer diese Anlage kauft, muss erst mal mindestens fünf Meter Grund abtragen und mit guter, sauberer Erde auffüllen, bevor er mit dem Aufbau beginnen kann."

Jeanette blinzelte Paulina über den Kopf der alten Dame belustigt zu.

Tante Betty und ihre Diagnosen!

Gleich am Montagmorgen rief Jeanette bei Tillmann Henken an, um ihn um ein Interview zu bitten. Geschmeichelt lud der Bauunternehmer sie ein, am Nachmittag in sein Büro zu kommen, was Jeanette sehr gut passte, denn da hatte Paulina einen Zahnarzttermin und Tante Betty wollte mit Miene Harmsen nach Norden in einen Supermarkt fahren.

Jeanette hatte einen zur Leibesfülle neigenden Mittfünfziger erwartet, mit beginnender Glatzenbildung und Brille. Tillmann Henken entsprach diesem Bild allerdings nicht im Geringsten. Groß, schlank und stattlich kam er ihr entgegen, ein freundliches Lächeln auf dem gut geschnittenen Gesicht, in dem zwei graublaue Augen funkelten. Das dunkle Haar zeigte nur an den Schläfen ein paar silberne Fäden, was sein Aussehen noch attraktiver machte.

Bereitwillig antwortete er auf Jeanettes Fragen, die sich auf das Bauvorhaben am Hafen bezogen. Ja, er kam regelrecht ins Schwärmen, als er ihr schilderte, wie er sich die Ferienanlage vorstellte und welchen Luxus die Gäste dort erwarten durften. Erst als sie nach dem Grund für den Abbruchstopp fragte, verschloss sich Tillmanns Miene und wurde abweisend.

"Es gab Schwierigkeiten mit den Arbeitern", antwortete er merkbar reserviert. "Außerdem liegen noch nicht alle Genehmigungen vor."

"Nach so vielen Jahren?", rutschte es Jeanette heraus, worauf Tillmann Henken sich noch mehr zurückzog.

"Heutzutage haben da so viele Behörden mitzureden, da kann man über der Wartezeit alt und grau werden." Er sah so deutlich auf die Uhr, dass selbst ein Blinder die versteckte Aufforderung begriffen hätte. "Und wenn dann auch noch die Umweltschützer ins Spiel kommen, dauert es noch länger."

Er erhob sich und Jeanette tat es ihm eilig nach. An der Tür reichte Tillmann ihr die Hand und schenkte ihr ein verbindliches Lächeln, das Jeanette wahrscheinlich mit dem Rauswurf versöhnen sollte.

"Wir hoffen allerdings, im nächsten oder spätestens übernächsten Jahr endlich fortfahren zu dürfen", sagte er abschließend. "Meine Rechtsanwälte machen jetzt gehörigen Druck."

"Ich danke Ihnen für das Interview", sagte Jeanette höflich und ging durch die Tür, die Tillmann ihr zuvorkommend öffnete.

Als sie gleich darauf auf die Straße hinaustrat, entfuhr ihr ein erleichterter Seufzer.

Als Jeanette die Tür zu ihrer kleinen Ferienwohnung aufschloss, begann das Telefon zu läuten. Eilig warf sie ihre Tasche auf das Sofa und riss den Hörer ans Ohr.

"Ich bin's, Martin", klang ihr die vertraute Stimme des Freundes ans Ohr. "Du wolltest ein bisschen was über einen Tillmann Henken wissen. Nun, er ist tatsächlich kein unbeschriebenes Blatt. Aber man hat ihn bisher nur wegen ein paar Kleinigkeiten drankriegen können."

"Was für Kleinigkeiten?"

"Das Übliche." Tom raschelte mit den Papieren vor sich. "Falschparken, Geschwindigkeitsübertretungen, das einzig Größere, aber in der Branche nicht ungewöhnlich, ist das Vergehen gegen Arbeitschutzbestimmungen. Das ist alles. Von seinen Mitkonkurrenten wird er gefürchtet und bewundert zugleich. Henken gilt als knallharter Bursche, als einer, der über Leichen geht."

"Danke." Jeanette seufzte. Das Ergebnis war nicht gerade berauschend. "Hast du sonst noch was?"

"Ja. Bei euch ist doch diese kopflose Leiche gefunden worden?" Als Jeanette bejahte, fuhr Martin fort. "Dieser Mattes Kühneweiß war so eine Art Faktotum und Prügelknabe für Henken, der für ihn die Kartoffeln aus dem Feuer holen musste."

Jeanette spitzte die Ohren. "Oha, ist das sicher?"

"Vollkommen." Martin klang ernst. "Kühneweiß war mehrfach wegen kleinerer Delikte vorbestraft. Sein Name taucht häufig bei verbotenen Aktionen auf, die auf Henkens Geheiß – so nehmen die Behörden jedenfalls an, konnten es aber nie beweisen – ausgeführt wurden."

"Was ist mit Onno Henken?", fragte Jeanette einer Intuition folgend.

"Sein Name taucht in keiner Datenbank auf", erfuhr sie von Martin. "Ich habe mich bei den Kollegen von der Gewerbeaufsicht und den Handwerkskammern ein wenig umgehört. Henken junior gilt gemeinhin als Versager. Niemand glaubt, dass er wirklich einmal den väterlichen Betrieb übernehmen und leiten kann."

"Ich danke dir, Martin." Noch wusste Jeanette nicht, was sie mit den Informationen anfangen sollte. Es klang alles eher harmlos, doch als sie sich das Gehörte später noch einmal durch den Kopf gehen ließ, fand sie, dass die Verbindung Henken/Kühneweiß interessant war.

Welche Geheimnisse hatten die Männer wohl miteinander geteilt? Und war eines dieser Geheimnisse vielleicht der Grund für Mattes Kühneweiß' Tod?

Da Jeanette ihrer Freundin versprochen hatte, sie zur letzten Anprobe des Brautkleides zu begleiten und anschließend mit ihr einen Stadtbummel durch Emden zu machen, kam Jeanette erst am Mittwoch dazu, nach Norden zu fahren, um sich die Pläne der Kreisstadt anzusehen. Das war ihr offizieller Antrag. In Wahrheit interessierte sie sich für die Lagepläne und die Geschichte der alten Werft. Das brauchte hier allerdings niemand zu wissen.

Der Bauamtsleiter zeigte sich auskunftsfreudig und hilfsbereit, als Jeanette ihn um die notwendigen Unterlagen bat. Er begleitete sie sogar ins Archiv, wo er ihr die verschiedenen Register erklärte, unter denen die Pläne und Beschreibungen abgelegt waren.

Nachdem er (endlich) gegangen war, machte Jeanette sich auf die Suche. Sie musste bis in das Jahr 1897 zurückgehen, ehe sie fündig wurde. Die Werft selbst war im Jahr 1897 errichtet und dann nach und nach ausgebaut worden.

In den Jahren 1938 bis 1944 hatte man sie als Munitionsfabrik und Waffenlager genutzt. Nach dem Krieg hatten die alten Besitzer das Gelände an einen Schiffsbauer aus Kiel verkauft und aus dem Gebäude war wieder eine Schiffsbau- und Reparaturstätte geworden.

Seit Anfang der Siebziger war die Werft verwaist. Es hatte wohl viele Interessenten gegeben, die sie kaufen wollten, doch die zänkischen Erben (fünf Brüder und eine Schwester, die sich schon als Kinder gegenseitig gehasst hatten), hatten sich nie über den Preis einigen können. Deswegen hatte es sogar einige Gerichtsverfahren gegeben, die erst nach dem Tod der männlichen Erben ein Ende gefunden hatten. Die Schwester, nunmehr Alleinerbin, hatte das Gelände dann an Tillmann Henken verkauft, der jetzt als Besitzer im Grundbuch stand. Dieser hatte inzwischen nicht nur das umliegende Land erworben, sondern dafür auch die notwendigen Bauanträge eingereicht.

Jeanette machte sich entsprechende Notizen und kopierte einige der Pläne und die Historie des Geländes. Anschließend kehrte sie zu dem Amtsleiter zurück, der, hingerissen von ihrem Charme, bereitwillig alles ausplauderte, was Jeanette wissen wollte.

So erfuhr sie, dass die Anträge längst genehmigt waren. Angeblich hatte Henken eine Bauzeit von rund fünf Jahren eingeplant. "Wieso hat er dann die Abrissarbeiten unterbrochen?", fragte Jeanette.

Der Amtsleiter hob ratlos die Schultern.

"Angeblich gab es Probleme mit den Arbeitern", antwortete er, es klang wenig überzeugt. "Und dann haben irgendwelche Geologen herausgefunden, dass der Grund unsicher ist." Der Beamte lachte spöttisch. "Das ist hier nun wirklich keine Seltenheit. Schließlich sitzen wir alle auf ehemaligem Meeresboden. Aber angeblich ist der Grund instabil und das verteuert und verzögert die Geschichte."

"Danke." Jeanette schenkte dem Mann eines ihrer ganz besonderen Lächeln, die sie sich für solche Fälle aufsparte und die selbst den hartgesottensten Hagestolz weich werden ließen wie Butter in der Sonne, und verabschiedete sich.

Leider hatte sie der Besuch nicht weitergebracht. Im Gegenteil, die Geschichte wurde immer verworrener, je mehr sie recherchierte.

Dicke Wolken hingen am Himmel, aus denen es ab und an tröpfelte. Doch es war angenehm warm, sodass die Touristen keinen wirklichen Grund hatten, mit der Witterung zu hadern. Viele gingen trotz der dunklen Wolken in der See schwimmen oder unternahmen eine Strandwanderung.

Fenna hatte ihre Staffelei auf die Terrasse gestellt.

Sie arbeitete konzentriert. Ihre Hand, die den Pinsel hielt, führ mit eleganten Schwüngen über die Leinwand, tupfte oder strichelte, um feine Konturen und Reflexe zu setzen.

Als die Türglocke anschlug, runzelte sie unwillig die Stirn. Die Störung ärgerte sie, aber Fenna war zu neugierig, um den Besucher einfach vor der Tür stehen zu lassen. Sie steckte den Pinsel in die Reinigungslösung, wischte sich die Hände an dem alten Kittel ab, den sie bei der Arbeit trug, und eilte in die Diele.

"Hallo Fenna." Ibo strahlte sie mit entwaffnender Freundlichkeit an, sodass Fenna den Tadel, der ihr auf der Zunge lag, schnell hinunterschluckte. "Ich habe eine Bitte an dich." Ibo hob einen alten Flechtkorb hoch. "Könntest du dich darum kümmern? Die Mutter schafft es nicht mehr."

Neugierig sah Fenna in den Korb. Im nächsten Moment hatte sie ihre Arbeit und den Ärger über die Störung vergessen.

"Ach, ist der süß!" Entzückt hob sie den schwarzen Welpen aus dem Korb, der sie aus großen, staunenden Augen anblickte. "Meine Güte, was bist du klein. Du passt ja in eine Schuhschachtel."

"Er braucht viel Liebe, Wärme und Milch", erklärte Ibo mit ernster Miene. "Seine Mama ist mit seinen dreizehn Brüdern und Schwestern einfach überfordert."

"Na, das ist ja wohl kein Wunder." Fenna hob den kleinen Kerl an ihr Gesicht und bohrte ihre Nase in das weiche Fell. "Ach, was bist du doch für ein süßer Schlingel. Dich gebe ich nicht mehr her."

"Das hatte ich gehofft", schmunzelte Ibo erleichtert. "Kann ich reinkommen?"

"Ja, klar, natürlich." Wer so nette Geschenke brachte, durfte auf keinen Fall an der Haustür abgefertigt werden. Glücklich den Welpen an die Brust gedrückt, ging Fenna ins Haus und auf die Terrasse, die durch eine Markise vor dem leichten Nieselregen geschützt wurde, der immer wieder herniederging. "Wie alt ist er denn?"

"Sechs Wochen." Ibo stellte den Korb auf den Tisch. "Ich habe dir alles mitgebracht, was du für die Aufzucht brauchst. Milchpulver, Sauger, Flaschen und Welpenfutter. Der Kleine kriegt zwischendurch nämlich schon was Festeres zum Beißen."

Fenna setzte sich und legte den Welpen auf ihre Oberschenkel. Er blieb liegen und sah sich mit großen Augen um.

"Wir hatten früher auch Hunde", meinte Fenna versonnen, während sie den kleinen Hund streichelte. "Unsere Senta hatte auch mal so einen großen Wurf. Mein Vater hat ihr die sechs kräftigsten gelassen und die anderen..." Hier brach Fenna ab, um kurz Luft zu holen, ehe sie den Satz zu Ende brachte. "Na ja, du hast meinen Vater ja gekannt."

Ibo nickte.

"Bauer Jessken hat es nicht übers Herz gebracht, die Kleinen einschläfern zu lassen", berichtete er. "Außerdem sind alle ungefähr gleich groß und kräftig. Für die Mutter ist es einfach zu viel."

"Wie viele Junge durfte sie behalten?"

"Acht." Sven nahm Platz und streckte die langen Beine von sich. "Die anderen fünf konnten Jessken und ich schnell unterbringen, nur der Kleine hatte noch keine Heimat gefunden. Da habe ich an dich gedacht. Du hast Erfahrung mit der Aufzucht von Welpen."

Fenna nickte. So anstrengend es werden würde, sich um den Kleinen zu kümmern, sie nahm die Aufgabe gerne auf sich, zumal sich sowieso mit dem Gedanken getragen, sich wieder einen Hund anzuschaffen. Ihr treuer Begleiter "Willy" war vor einem halben Jahr gestorben. Ohne ihn fühlte sie sich irgendwie einsam. Aber jetzt war dieser niedliche Welpe da und Fenna war entschlossen, ihn aufzupäppeln und durchzubringen, egal, wie stressig es werden würde.

"Ich schaue öfter mal vorbei und sehe nach ihm", versprach Ibo, während er in die Tasche griff, die er neben dem Tisch abgestellt hatte. "Hier ist Futter. Das Pulver brauchst du nur mit abgekochtem Wasser anzurühren. Das Rezept steht auf der Rückseite der Packung. Ich habe dir die genaue Pflege und Fütterungsanleitung noch mal extra aufgeschrieben."

"Danke." Fenna ließ keinen Blick von dem Welpen. "Er ist wirklich hübsch. Ich werde ihn Verdi nennen."

"Verdi?" Ibos Miene drückte Erstaunen aus. "Wieso ausgerechnet Verdi?"

"Weil Verdi auch ein sehr gut aussehender Mann gewesen sein soll." Fenna schmunzelte hintergründig. "Außerdem war er Italiener und hatte bestimmt genauso schwarze Haare und dunkle Augen wie der kleine Junge hier."

"Na gut, dann also Verdi." Das Handy in Ibos Hosentasche begann zu summen. Er verzog das Gesicht, nahm das Gespräch aber an. Nachdem er dem Anruf eine Weile gelauscht hatte, stand er auf.

"Tut mir Leid", entschuldigte er sich. "Auf dem Reiterhof gibt's Probleme mit einer Stute. Ich muss sofort rüberfahren."

Fenna hob den Welpen an ihre Brust und erhob sich ebenfalls.

"Danke." Ihre Augen strahlten, als hätte Ibo ihr einen Zweikaräter geschenkt. "Du hast mir mit Verdi eine ganz große Freude gemacht und ich verspreche, dass ich gut auf ihn aufpassen werde."

"Davon bin ich überzeugt", erwiderte Ibo ernsthaft. "Wenn etwas sein sollte, ruf mich bitte gleich an, ja? Ansonsten komme ich, wenn es dir zeitlich passt, am Mittwoch vorbei und schaue nach dem Kleinen."

"In Ordnung." Fenna begleitete den Freund bis zur Tür. "Ich werde sicherlich hier sein."

Sie wartete, bis Ibo in seinen Wagen gestiegen war, dann kehrte sie auf die Terrasse zurück und setzte Verdi auf die Kacheln. Er produzierte sofort eine beachtliche Pfütze.

Die Besatzung der "Viktor von Baltrum" befand sich auf Kontrollfahrt. Tatsächlich hatten die Männer zwischen Norddeich und Juist ihre Angelleinen ausgeworfen und ließen den lieben Gott mal einen guten Mann sein.

Es war ihnen gegönnt. Immerhin hatten sie mit den vielen Urlaubern wahrlich genug zu tun. Irgendeinen Leichtsinnigen gab es immer, der glaubte, ins Watt laufen oder mit dem Surfbrett nach Amerika segeln zu müssen. Und die Männer und Frauen der "Viktor von Baltrum" mussten die Trottel dann retten.

Zudem hatte die Besatzung zuvor akribisch die Fahrrinne nach Hindernissen abgesucht, die für Schiffe gefährlich werden konnten. Jetzt machten sie ein wenig Pause, genauso wie die Besatzung des Polizeibootes, das in einiger Entfernung in Richtung Hafen tuckerte.

Mehrere Hakenleinen hingen über die Bordwand der "Viktor von Baltrum" und trieben neben dem Schiff her, um Makrelen anzulocken, die gleich an Bord ausgenommen und gesalzen wurden.

Hein Heinsen, der Vormann, trat gerade an die Reling und zog eine der Leinen aus dem Wasser. Sie hing voller Fische, die empört zappelten. Die Männer pflückten sie von den Haken und warfen sie in eine mit Eis gefüllte Wanne.

Die zweite Leine kam aus dem Wasser. Heinsen kniff die Augen zusammen, um den besonders dicken Fisch besser sehen zu können, der sich unter die Makrelen geschmuggelt hatte.

Der Vormann runzelte die Stirn. Wie ein Fisch sah das Ding eigentlich nicht aus. Dafür war es zu rund. Tang und andere Meerespflanzen hatten sich darum gewickelt.

Er zog die Leine höher und hob sie über die Reling. Sofort wollten seine Männer die Fische von den Haken nehmen. Doch als sie das Ding sahen, das sich zwischen den Haken verfangen hatte, traten sie misstrauisch zurück.

Hein beäugte es skeptisch. Seine Augen identifizierten eine Plastiktüte, Teile eines Fischernetzes, Taustükke, Pflanzen und Teer. Schließlich ließ er die Leine auf die Planken gleiten, zog sein Messer aus dem Halfter und schnitt durch das ganze Gewirr. Es fiel auseinander und gab endlich auch seinen Inhalt frei.

Die Männer hielten sich angewidert die Nasen zu, nur Hein behielt die Ruhe. Er ging ans Funkgerät und rief die Kollegen auf dem vorausfahrenden Polizeiboot.

"Ick hab' da'n merkwürdigen Fang am Haken", erklärte er dem Kommandanten. "Sieht aus wie'n Kopp. So einen, wie ihn Mattes Kühneweiß vermisst. Könnte ihm gehören."

"Wir kommen", klang es aus dem Lautsprecher.

Heinsen ließ die Taste los und richtete seinen Blick durch die Frontscheiben der Brücke auf das Polizeiboot, das den Hafen schon fast erreicht hatte. In einem großen Bogen wendete es nun und nahm Kurs auf die "Viktor von Baltrum".

Dr. Brauer begrüßte seine Besucher mit einem kurzen Kopfnicken, dann wandte er sich wieder dem stählernen Seziertisch zu, auf dem die sterblichen Überreste von Mattes Kühneweiß lagen. Obwohl die forensische Pathologie über eine starke Abluftanlage verfügte, war der Gestank kaum auszuhalten. HK Daniel Beekmann hatte sich deshalb vorsorglich Kampfer unter die Nase geschmiert, der den Geruch etwas milderte.

Sein Kollege Haberstock, dem alles Sentimentale abging, kaute wie üblich auf einem Pfefferminzgummi herum, während er interessiert das betrachtete, was das Meer und die Verwesung von dem alten Fischer übrig gelassen hatten.

"Und, was hast du für uns?", fragte Daniel, wobei er darauf achtete, dem Seziertisch nicht zu nahe zu kommen.

Dr. Brauer deutete auf den Kopf des Toten.

"Der gehört tatsächlich zu unserem Kunden hier." Der Pathologe sah aus wie eine einzige große Plastiktüte. Bis auf den Fliesmundschutz steckte sein gesamter Körper in Kunststoff: Plastikoverall, Plastiküberschuhe, Latexhandschuhe, Plastikbrille und Plastikhaube. "Er wurde post mortem abgetrennt, wir untersuchen gerade die Schnittspuren an den Knochen, und dann vom Körper getrennt ins Wasser geworfen."

"Habt ihr inzwischen die Todesursache gefunden?", wollte Daniel wissen.

Brauer lächelte spöttisch hinter der Maske.

"Der Mörder wollte auf Nummer sicher gehen", erwiderte er sachlich. "Er hat zuerst auf ihn geschossen und anschließend noch mit, ich vermute einem Hammer, auf ihn eingeschlagen." Mit dem Skalpell deutete der Pathologe auf den Kopf. "Sie sehen hier massives Schädeltrauma." Das Skalpell zog die Konturen des Lochs nach. "Und hier..." Brauer deutete auf ein zweites, kleineres Loch, "ist die Kugel eingedrungen."

Daniel nickte, den Blick auf das ungefähr Zwei-Euro-Stück große Loch in der Stirn des Kopfes, etwa auf Höhe des Haaransatzes. Die Knochendecke rundherum zeigte Zickzackrisse, die sich auf der linken Seite bis zur Schläfe hinzogen. Ein gerader Spalt führte von dem Loch zum Nasenansatz.

Das Einschussloch befand sich in der Stirn, etwas versetzt über der linken Braue. Beim Austritt hatte die Kugel die halbe hintere Schädeldecke weggerissen.

"Können Sie uns sagen, womit der Mann erschlagen wurde?", fragte Haberstock, ohne das Kauen zu unterbrechen.

Dr. Brauer hob die Schultern.

"Wie ich schon sagte, ich vermute, dass es ein Hammer war." Er legte das Skalpell in eine Stahlschüssel. "Wer immer diesen Mann umgebracht hat, er wollte sicher sein, dass der Kerl wirklich auf die Wolke sieben wandert."

"Kannst du schon Näheres über den Todeszeitpunkt sagen?"

"Unsere Spezis von der Abteilung 'Maden und Co' sind noch am Tüfteln", erwiderte Dr. Brauer. "Außerdem haben die Fische sich eifrig bedient. Aber nach bisherigen Erkenntnissen, hat der Körper ungefähr eine Woche im Wasser gelegen."

"Sonst noch was?" Erwartungsvoll sah Daniel den Pathologen an, der jedoch den Kopf schüttelte.

"Alles Weitere später." Er streifte die Handschuhe ab und warf sie in den Mülleimer. "Ich schicke euch den Bericht, wenn ich alle Ergebnisse habe."

"Passiert das noch in diesem Jahr?", fragte Kriminalassistent Haberstock, was ihm einen vernichtenden Blick des Pathologen einbrachte. Ohne zu antworten trat er ans Waschbecken, schob mit dem Ellbogen den Wasserhahn auf und begann, sich ausgiebig die Hände zu reinigen.

"Onno!" Die Stimme des Vaters ließ den jungen Mann erschrocken zusammenfahren. Wie von einer Nadel gestochen sprang er auf und eilte an die Verbindungstür. Erst, als er die Hand schon auf der Klinke hatte, überlegte Onno es sich anders und nahm die Hand wieder herunter.

Gerade rechtzeitig, denn im nächsten Moment wurde die Tür mit solcher Vehemenz aufgerissen, dass sie Onno an den Kopf geknallt wäre.

"Onno, verdammt, sitzt du auf deinen Ohren?", brüllte sein Vater ihn an. "Ich muss mit dir sprechen. Los, schwing deinen lahmen Hintern in mein Büro und das dalli."

Mit hängenden Schultern schlich der junge Mann in den Nebenraum und blieb vor dem wuchtigen Schreibtisch stehen. Ohne Erlaubnis hätte er niemals gewagt, sich zu setzen.

"Zu fragen, wie weit du mit dieser Jessen bist, ist wohl zwecklos", knurrte Tillmann wütend. "Ansonsten müssen wir uns was einfallen lassen. Ich will endlich mit den Arbeiten auf der Werft weitermachen. Es wird Zeit, dass was passiert."

"Ja, Vater", murmelte Onno, obwohl er nicht wusste, weshalb Tillmann ihm das erzählte. Er weihte seinen Sohn sonst nie in seine Geschäftsangelegenheiten ein.

"Was mir auch quer im Halse steckt, ist diese Schriftstellerin, die überall herumschnüffelt", fuhr Tillmann fort. "Und dazu noch Mattes' Tod. Das bringt alles nur Unruhe in die Stadt."

Er musterte den Sohn, wobei sich seine Mundwinkel missbilligend in Richtung Kinn bewegten.

"Du hast von all dem wahrscheinlich mal wieder nichts mitbekommen." Onno konnte mühelos die Verachtung und gleichzeitige Resignation aus dem Ton des Vaters heraushören. "Läufst durch die Welt wie ein Traumtänzer. Ach, lassen wir das."

Tillmann erhob sich hinter seinem Schreibtisch und Onno wich automatisch zurück, in der Erwartung, dass der Vater zuschlug. Doch der hatte keinen Blick für ihn. Mit einem tiefen Seufzer trat Tillmann ans Fenster und sah auf den Hof hinunter, auf dem Arbeiter gerade mit dem Verladen einer riesigen Raupe beschäftigt waren.

"Hör zu!", forderte Tillmann Henken, ohne sich zu Onno umzudrehen. "Ich muss sehen, dass das Geschäft am Laufen bleibt. Ich habe in dieses Ferienprojekt schon viel zu viel Energie und vor allem Geld gesteckt, um es jetzt aufgeben zu können. Also – und jetzt pass genau auf..."

Er drehte sich nun doch um. In seinen Augen lag ein

harter, kalter Glanz, den Onno nur allzu gut kannte. Wenn sein Vater so dreinschaute, dann war er entschlossen, seinen Willen durchzusetzen, koste es, was es wolle.

"Du gehst zu Fenna Jessen und holst dir ihre Unterschrift unter den Verkaufspapieren." Diese Entschlossenheit schwang auch in Tillmanns Stimme mit. Er würde nicht den geringsten Widerspruch dulden und keine Entschuldigung gelten lassen. "Wie du sie dazu bringst, die Papiere zu unterschreiben ist mir schnurzegal. Nur DASS sie unterschreibt, das ist mir wichtig. Wage es ja nicht, mir ohne Fenna Jessens schriftliches Okay unter die Augen zu treten.

Onno schluckte trocken.

"Ja, Vater", sagte er, wie er es immer tat.

Tillmann sog scharf die Luft ein. Am liebsten hätte er Onno geohrfeigt, bis er nicht mehr aufgestanden wäre. Aber Tillmann Henken hatte keine Lust, wegen eines Versagers wie Onno im Gefängnis zu landen.

"Noch ein Tipp", knirschte er deshalb mühsam beherrscht. "Die Jessen hat nur eine, um zehn Ecken mit ihr verwandte Cousine, an die das Grundstück fallen würde, wenn der Jessen was passiert. Diese Cousine würde unser Kaufangebot gerne annehmen."

Onno starrte seinen Vater verständnislos an. Was wollte er ihm damit sagen? Und woher wusste der Alte überhaupt von den Erbschaftsverhältnissen der Fenna Jessen?

"Meine Güte, verschwinde endlich!", donnerte Tillmann aufgebracht, als er das vollkommene Unverständnis auf dem Gesicht seines Sohnes sah. "Mach, dass du raus kommst."

Jeder andere hätte gefragt, weshalb Tillmann Henken so versessen hinter Fennas Land her war. Das Areal, das

Bruno bisher angekauft hatte, reichte bei weitem für das Projekt aus, das er plante. Onno verkniff sich jedoch derlei Fragen. Ein Tillmann Henken brauchte niemandem etwas zu erklären, schon gar nicht einer Niete wie Onno, der in seinen Augen zu nichts nutze war.

"Ja, Vater", murmelte er deshalb nur kleinlaut und trat, rückwärtsgehend, den Rückzug an.

"Ja, Vater!", explodierte der Bauunternehmer wie eine geschüttelte Flasche Selters. "Wenn ich das schon höre! Ja, Vater. Wie ein Idiot, der nichts begreift und dem man mühsam diese beiden Worte beigebracht hatte. Ein Papagei bringt mehr zustande."

Onno kroch in sich zusammen. Er hatte nichts, was er der Wut des Vaters entgegensetzen konnte. Demütig ließ er den Wutausbruch über sich ergehen, wie er es immer getan hatte und wohl auch weiterhin tun würde.

Er dachte an das Geld, das er sich heimlich zur Seite gelegt hatte. Für einen Neuanfang irgendwo würde es wohl nicht reichen. Aber zumindest konnte er sich damit eine Weile über Wasser halten - wenn er denn endlich den Mut aufbrachte, seinem Vater den Krempel vor die Füße zu werfen.

"Verschwinde!", hörte er seinen Vater brüllen. "Mach schon, raus aus meinem Büro. Und denke daran: Ich will die Unterschrift von Fenna Jessen!"

"Ja, Vater", nuschelte Onno, wohl wissend, dass er Tillmanns Zorn damit noch mehr anstachelte. Aber er konnte einfach nicht anders. Die Worte waren heraus, bevor er sie hinunterschlucken konnte.

Eilig floh er aus dem Zimmer und zog leise die Tür hinter sich ins Schloss.

Mit einem trockenen Aufschluchzen lehnte Onno sich gegen die Tür. Er musste Fenna Jessens Unterschrift besorgen, egal wie!

Der unmissverständliche Befehl seines Vaters ließ keinen Widerspruch zu. Onno wusste, wenn er ihn nicht erfüllte, würde sein Vater ihn noch mehr quälen.

Es gab für Onno nur zwei Möglichkeiten: Entweder erfüllte er den Auftrag oder er sah zu, dass er Land gewann – und zwar viel Land!

Sein Magen zog sich schmerzhaft zusammen. Er wusste, dass jetzt wieder eine heftige Attacke bevorstand, die ihn zwingen würde, sich wie ein Wurm auf dem Boden zu krümmen. Der Arzt hatte ihm zwar ein Mittel gegen die heftigen Krämpfe verschrieben, eine Heilung konnte er Onno allerdings nicht versprechen.

Das Leiden belastete Onno seit seiner Kindheit. Die Diagnose "Psychosomatisch" war keine Neuigkeit für ihn. Er wusste selbst, dass es der ständig bezähmte Groll auf den Vater war, der sich ein Ventil suchte. Aber da Onno es nicht schaffte, Tillmann die Stirn zu bieten und sich von dessen Schatten zu befreien, würden ihn die Krämpfe begleiten, bis er eines Tages entweder daran zugrunde ging oder sein Vater das Zeitliche segnete.

Bei diesem Gedanken angekommen, schoss eine heiße Welle durch Onnos Körper. Es war wie ein elektrischer Schlag, der seine Nerven vibrieren ließ.

Tillmanns Tod würde endgültig Freiheit bedeuten! Eine Idee, deren Reiz sich Onno nicht länger entziehen konnte.

Die Nachricht von dem grausigen Fund verbreitete sich wie ein Lauffeuer in der Gemeinde. Die Menschen sprachen von nichts anderem und besonders in der Fischerkneipe, wo Besatzungsmitglieder der Frisia-Flotte und die Fischer zusammensaßen, wurde der Fall in aller Breite diskutiert.

Jeanette hatte den Tag gemeinsam mit Tante Betty und Paulina verbracht. Letztere hatte sich für den Abend mit ihrem Verlobten verabredet, da wollten die beiden Frauen auf keinen Fall stören. Also waren sie in den Fährkeller gegangen, nicht zuletzt deshalb, weil die gute Tante darauf bestanden hatte, endlich einmal ein landestypisches Lokal kennen zu lernen.

Das Bier schmeckte wie immer hervorragend. Horst, der Wirt, der es brachte, war so wortkarg wie man es den Friesen nachsagt, dafür sprach seine Frau Edith umso mehr.

Sie wechselte mühelos zwischen Platt und Hochdeutsch hin und her. Voller Elan beteiligte sie sich an den Spekulationen, die wie aufgescheuchte Vögel durch die Gaststube schwirrten. Alle waren sich indes einig, dass der Kopf Mattes Kühneweiß gehörte. Nur auf die oder den Täter und das Motiv konnten sich die Gäste nicht einigen.

"Und ich sach' euch, dat der olle Henken oder dem sein Sohn dahinterstecken!", verkündete die Wirtin gerade. Jeanette horchte auf. "Der junge Henken hat doch dauernd mit den ollen Mattes gemauschelt. Wer weet, wat de' Jung' wieder angestellt hat, wat sein Vadder nicht weeten darf."

"Und wieso hat Mattes dauernd von dem Geld gesprochen, das er bald kriegen sollt'?", wollte ein junger Mann in einem blauweiß gestreiften Fischerhemd wissen.

"Wat weet ich?" Die Wirtin hob die rundlichen Schultern. "Vielleicht wollt' der Onno ihm was geben?"

"He doch nich'!", mischte sich ein älterer Mann ein. "Dem sein Alter hält ihn so kurz, wie man keinen Hund an der Kette halten darf."

"Und he macht sich nich' die Finger schwart", wusste ein Dritter. "Der trickst her und trickst da. Aber een Mord? Nee, damit belastet der Alte sein Gewissen nicht."

"He hett doch gar keen Gewissen", winkte die Wirtin ab. "Der ist kalt wie'ne Hundeschnauze. An den kommt gar nichts heran."

"Sein' Frau tut mir Leid", fügte sie nach kurzem Nachdenken hinzu. "Die Frauke hett wirklich wat Besseres verdient."

"Jau!", machte ein alter Mann. "Die hett nich' viel to lachen bei dem."

"Genau wie der Junge", trug der Wirt nun auch mal etwas zur Unterhaltung bei. "Der fürchtet sich heut' noch vor seinem Vater."

"Und die Polen", warf ein anderer ein. "Wer weiß, was Henken mit denen gemacht hat. Es mutt doch'n Grund haben, datt sie über Nacht auf und davon sind."

"Die hat der Alte weggeschickt." Die Wirtin nickte zur Bekräftigung ihrer Annahme. "Die waren doch dauernd krank. Und ich sach euch noch wat: Dat hat mit der ollen Werft zu tun hebbt. Die hat die Leute krank gemacht."

"Was soll denn die olle Werft damit zu tun haben?", murrte der Wirt in seiner grantigtrockenen Art. Seine

Frau hob erneut die Schultern.

"Nu, watt wees ich? Möglich is' alles."

"Möglich is' auch ein Huhn mit drei Köppen", knurrte Horst und schickte sich an, Bier in die kleinen Gläsern zu zapfen. "Trotzdem hab' ich noch keins gesehen."

"Ich glaub eher, das der alte Henken die Arbeiter abgeschoben hat, weil so viele von denen krank geworden sind." Die Worte stammten aus dem Munde eines alten Mannes mit Prinz-Heinrich-Mütze auf dem Kopf und einer kalten Piepe im Mundwinkel, die er auch beim Sprechen nicht herausnahm. "War ja auch kein Wunder, so wie Henken die untergebracht hatte. Menschenunwürdig, sag ich. Menschenunwürdig!"

Schweigen folgte der Rede. Die Gäste dachten über das Gehörte nach, während sie ihre Biere oder Schnäpse tranken, die der Wirt serviert hatte. Schließlich hob einer der Fischer sein Glas und stand auf.

"Lasst uns auf den alten Mattes trinken", forderte er die Anwesenden auf. "Er war zwar ein alter Säufer, der dem lieben Gott den Tag stahl. Aber wir hoffen von Herzen, dass ihm der Herr trotzdem ein Plätzchen im Himmel freigehalten hat."

Die anderen Gäste standen ebenfalls auf. Unzählige Tischbeine schurrten über den Fußboden, dann hoben alle ihre Gläser. In stillem Gedenken tranken sie ihr Bier.

Verdi war ein angenehmer Mitbewohner. Im Nu hatte er begriffen, dass es seinem Frauchen überhaupt nicht gefiel, wenn er seine kleinen Geschäfte auf dem Wohnzimmerteppich erledigte und tat dies artig im Garten oder auf dem begrünten Grasstreifen an der Straße.

Da Fenna ihre Arbeit nicht vernachlässigen konnte, musste Verdi sie begleiten, was ihm offensichtlich großen Spaß machte. Glücklich lag er in seinem Korb neben ihr auf dem Beifahrersitz oder tapste auch schon mal unbeholfen um sie herum, wenn sie zum Fotografieren draußen unterwegs war.

Sie passte auf, dass er trotz ihrer Unternehmungen viel Ruhe bekam, weshalb Fenna ihn nach seinen kurzen Ausflügen entweder in seinen Korb legte oder ihn sich unter ihren Pullover steckte, wo er dicht an ihre warme Haut gekuschelt am allerliebsten schlief.

Natürlich vergaß sie auch seine Fläschchen nicht, die sie in einer Wärmebox mitführte. Alles in allem war die Versorgung des Kleinen beinahe so wie die eines Babys, nur dass Fenna keine Windeln und keinen Kinderwagen oder Laufstall in ihr Auto packen musste, wenn sie wegfahren wollte.

Heute hatte Fenna ihre Arbeit frühzeitig beendet, weil Ibo seinen Besuch angekündigt hatte. Sie freute sich auf das Wiedersehen mit dem Tierarzt, auch wenn sie genau wusste, dass sie nie ein Paar werden durften.

Um ihm zu zeigen, wie sehr sie sich über Verdi freute, bereitete Fenna sogar ein Abendessen zu. Sie wusste, dass Ibo für sein Leben gerne Gulasch mit Nudeln aß. Die Zutaten hatte sie auf ihrer Fototour besorgt. Jetzt musste alles nur noch schön scharf angebraten, gewürzt und die Zutaten beigegeben werden, den Rest erledigte der Herd alleine.

Sie war gerade dabei, die Zwiebeln zum Fleisch zu geben, als die Türglocke anschlug. Mit einem freudigen Lächeln eilte sie in die Diele und riss die Tür auf, in Erwartung, Ibo vor sich zu sehen. Doch das freudige Lächeln auf ihrem Gesicht erlosch wie eine Kerze in einem Windstoß, als sie Onno Henken vor sich sah.

"Was willst du denn hier?", entfuhr es ihr nicht gerade gastfreundlich.

Onno war solche Reaktionen gewohnt.

"Ich wollte einfach mal vorbeikommen und fragen, wie es dir geht." Er lächelte unsicher. "Schließlich sind wir alte Freunde." Das war die Übertreibung des Jahres. Fenna hatte sich als Kind zwar nicht an den teilweise bösartigen Hänseleien der anderen beteiligt und heute, als Erwachsene, zollte sie ihm den ihm zustehenden Respekt. Doch sie waren wirklich meilenweit davon entfernt, Freunde zu sein.

"Außerdem wollte ich etwas mit dir besprechen", fuhr Onno fort und garnierte seine Worte mit einem Lächeln, von dem er glaubte, dass es gewinnend wirkte, wobei er jedoch das Gegenteil erreichte. "Hast du ein paar Minuten Zeit?"

Fenna holte tief Luft. Einen Moment war sie bereit, der Bitte nachzugeben und Onno einzulassen, dann besann sie sich.

"Tut mir Leid", erklärte sie offen. Onno musste endlich begreifen, dass er absolut keine Chancen bei ihr hatte. "Ich erwarte Besuch." In der Küche zischte es kräftig. "Mein Gulasch!" Fenna stürzte in die Küche und zog den Topf vom Herd. "Ha, Gott sei Dank, das ist gerade noch gut gegangen."

"Kochst du für Ibo?" Onno war ihr gefolgt und stand jetzt unter der Küchentür.

"Ja", antwortete Fenna ehrlich. "Er hat mir einen kleinen Hund geschenkt. Ich möchte mich bei ihm dafür bedanken."

Jedes ihrer Worte verwandelte sich in Messer, die direkt in Onnos Herz fuhren. Wut schoss stichflammenartig in ihm hoch. Ein Köter, eine räudige Töle reichte aus, um dieses Strahlen auf Fenna Jessens Gesicht zu zaubern. Aber wenn sie ihn ansah, dann erlosch dieses Strahlen und Ablehnung, ja Abscheu spiegelte sich in ihrem Blick als ob er ein glitschiges Insekt war.

Die Wut wurde zu einer riesigen roten Welle, die anschwoll und über ihm zusammenschlug. Noch ehe Onno sich seines Tuns bewusst wurde, hatte er Fenna am Hals gepackt und drückte zu.

Der Angriff kam so überraschend, dass sie im ersten Moment vollkommen erstarrt war. Doch dann begann sie sich erbittert zu wehren. Mit voller Wucht rammte sie Onno ihren Ellbogen in die Leber, was ihn entsetzt aufschreien ließ.

Vor Schrecken und Schmerz ließ er sie los. Fenna griff nach dem Nächstbesten, das sie finden konnte, und ging damit auf Onno los. Die Schläge seines Vaters hatten ihn wendig gemacht. Er duckte sich gerade noch rechtzeitig, bevor der Fleischklopfer ihn ins Gesicht treffen konnte. Unerwartet schnell kam der er wieder hoch und schlug Fenna die Waffe so hart aus der Hand, dass sie quer durch den Raum schlidderte.

Im nächsten Augenblick schlug er zu. Der Faustschlag traf Fenna mit solcher Wucht, dass sie zu Boden ging. Ehe sie ihre Hände schützend über den Kopf legen konnte, traf sie ein zweiter Hieb, genau an der Schläfe. Sie stieß einen gurgelnden Laut aus, dann wurde es dunkel um sie herum.

Mit einem Ächzen sank Fenna in eine tiefe Ohnmacht.

Tante Betty kannte ihre Nichte in- und auswendig. Immerhin kannte sie sie seit achtundzwanzig Jahren, von denen Jeanette mindestens fünfzehn ihrer Kindheit und Jugend bei Betty verbracht hatte, weil ihre Eltern als Archäologen ständig an irgendwelchen Ecken und Enden der Welt alte Knochen und Scherben ausgruben. So war es jetzt kein Wunder, dass die alte Dame genau die Unruhe spürte, die Jeanette auf der Liege herumzappeln ließ.

Als es ihr zu viel wurde, befahl Betty mit einer erstaunlich kräftigen Stimme: "Sitz doch endlich still!"

"Oh, entschuldige, Tante." Jeanette versuchte ein Lächeln. Sie fühlte sich immer noch total kribbelig. Dabei sollte sie sich eigentlich entspannen.

Tante Betty hatte sie ins Kur- und Rehabilitationshaus geschleppt, weil sie der Meinung war, dass ihre Nichte dringend ein paar Schlickpackungen und Massagen benötigte. Im Prinzip hatte sie damit Recht, Jeanette brauchte dringend Entspannung, nur konnte sie diese nicht finden.

Betty schielte zu ihr hinüber. Dann richtete sie sich kerzengerade auf ihrer Liege auf und klatschte in die Hände.

"In Ordnung", verkündete Betty. "Lass uns noch mal zur alten Werft gehen."

Jeanette sah sie erstaunt an.

"Was willst du denn bei der alten Werft?"

Tante Betty hob die Schultern.

"Ich habe mir die Informationen, die wir bisher gesammelt haben, noch mal durch den Kopf gehen lassen", erwiderte sie gelassen. "Es ist doch merkwürdig, dass alle Spuren immer zu denselben Punkten führen, nämlich zu Tillmann Henken, der Werft und der Villa und wieder zurück. Ich bin mir inzwischen sicher, dass der Bauunternehmer etwas mit dem Tod des Fischers zu tun hat."

"Genau das denke ich auch", gab Jeanette ihr Recht. "Ich würde mir das Gelände zu gerne noch mal ansehen."

Betty war mit einem Satz auf den Füßen, was Jeanette wieder einmal zeigte, dass ihre Tante weitaus wendiger und fitter war als der Großteil ihrer Altersgenossinnen.

"Dann lass uns das tun!" Unternehmungslustig klatschte Betty erneut in die Hände. "Wenn einem etwas so unter den Nägeln brennt wie dir, dann sollte man es nicht auf die lange Bank schieben."

Jeanette atmete erleichtert auf, zugleich musste sie leise lachen. Wenn ihre Tante in Fahrt geriet, dann hielt sie nichts auf, auch ihr Alter nicht.

Eine halbe Stunde später radelten sie am Deich entlang in Richtung Werft. Tante Betty hatte es sich nicht nehmen lassen, ihr "Notfallköfferchen" aus der Ferienpension zu holen.

"Vielleicht finden wir mit dem Pendel etwas, was uns weiterbringt", war ihre Begründung gewesen und Jeanette hatte sie gewähren lassen.

Wenn das ganze Zeug, das die Tante mit sich herumschleppte, auch nicht dazu taugte, Geister zu fangen, so würde es zumindest ausreichen, es einem eventuellen Angreifer um die Ohren zu schlagen.

Die Werft lag ungefähr zweieinhalb Kilometer von der Stadtgrenze Norddeichs entfernt. Die Schiffsbauhalle glich einem schwarzen, von den Launen des Klimas verwitterten Skelett, das man vergessen hatte zu beerdigen. Doch kurz bevor sie das Gelände erreichten, mussten die Frauen absteigen, weil sie hinter sich den gequält heulenden Motor eines Wagens hörten. Ihnen blieb gerade noch Zeit, sich mitsamt den Rädern auf den Randstreifen zu retten, da preschte auch schon ein Wagen heran und schoss gleich darauf an ihnen vorbei, eine Staubwolke aufwirbelnd, die sich gleichmäßig über sie und das Land niedersenkte.

"Was war denn das für ein Irrer?", rief Tante Betty empört.

Jeanette sah dem davonrasenden Sportwagen mit zusammengekniffenen Augen hinterher. Dieser raste direkt auf eine Radlerin zu, die sich nur mit einen kühnen Sprung davor retten konnte, als Kühlerfigur mitgenommen zu werden.

"Ich glaube, das war Onno Henken", murmelte Jeanette nachdenklich. "Er scheint es verdammt eilig zu haben.

Betty schickte ihrer Nichte einen vor Unternehmungslust blitzenden Blick.

"Wollen wir mal nachsehen, wo er so schnell hin möchte?"

"Ich denke, ja, das sollten wir tun." Jeanette gab ihrem Rad einen Schubs und strampelte los.

Der Sportwagen war natürlich längst in der Ferne verschwunden. Jeanette konnte ihn nur noch als winzigen roten Punkt erkennen. Aber sie sah gerade noch, dass er nach rechts abbog, und das reichte ihr fürs Erste, um auf seiner Spur bleiben zu können.

"Er fährt zur Deichvilla", keuchte Tante Betty, die mit ihrem Sprint bewies, dass sie mit ihren siebzig Jahren immer noch fit war wie ein Turnschuh.

Inzwischen hatte sich die Radlerin aufgerappelt. Sie stand am Straßenrand und blickte in die Richtung, in die der Wagen gefahren war. Beim Näherkommen erkannten Jeanette und Betty, dass es Paulina war, die sich gerade wieder auf ihr Rad schwingen wollte. Als sie die Frauen auf sich zukommen sah, ließ sie von ihrem Vorhaben ab und blieb neben dem Rad stehen.

"Habt ihr diesen Vollidioten gesehen?", rief sie den beiden zu, als sie sich auf Hörweite befanden. "Das war Onno Henken. Der Typ muss betrunken sein. Er fährt ja immer wie ein gesengter Eber, aber so wild ist er noch nie herumgekurvt."

"Er ist zur Villa gefahren", sagte Jeanette und stellte die Füße auf die Erde. "Ich denke, wir sollten nachschauen, was er dort so Eiliges zu erledigen hat."

Paulina runzelte skeptisch die Stirn. Einen Moment sah es aus, als wolle sie das Unternehmen ablehnen, dann wendete sie ihr Rad und stieg auf.

"In Ordnung!", rief sie über die Schulter gewandt den beiden Frauen zu, die ihr folgten. "Zu dritt kann er uns ja wohl nicht viel tun."

Nach wenigen Metern kam die halbverfallene Mauer in Sicht, die das Anwesen umgab. Die Radlerinnen bogen in den Zufahrtsweg ein und folgten ihm bis zum Tor, das jemand gewaltsam aufgedrückt hatte. Das Gebüsch und die Schlingpflanzen, die es umrankt hatten, waren mit wütender Energie niedergetrampelt worden. Der linke schmiedeeiserne Flügel hing schief in den Angeln.

Jeanettes Herz begann schneller zu schlagen. Sie sah zu ihrer Tante, die bereits furchtlos auf das Tor zumarschierte. Jeanette und Paulina mussten sich hingegen zwingen, auf das Tor zuzugehen und ihre Füße auf die Steinplatten zu setzen, mit denen der Pfad bis zum Haus gepflastert war.

Durch das dichte Gestrüpp leuchtete es rot. Die Frauen drangen ungeachtet der Dornen in das Buschwerk ein. Messerscharfe Stacheln hakten sich in ihre Kleidung und ritzten die Haut auf. Ja, es schien fast, als würden sie nach den Frauen greifen, um sie am Weitergehen zu hindern.

Schließlich hatten sie eine geeignete Stelle erreicht, von wo aus sie das Haus beobachten konnten. Gespannt spähten sie durch das Blätterwerk.

Tatsächlich, auf dem Vorplatz stand Onno Henkens rotes Cabrio. Was hatte der Sohn des Bauunternehmers in der Villa zu suchen?

"Komm", flüsterte Tante Betty. In geduckter Haltung huschte sie durch das Gebüsch, den Griff ihres Köfferchens fest umklammert, als fürchtete sie, ihr Handwerkszeug könnte ihr entrissen werden.

Jeanette und Paulina folgten ihr. Paulinas Herz raste, der Schweiß stand ihr auf der Stirn. Jeanette erging es ebenso. Sie musste mehrfach anhalten und sich die Tropfen von der Stirn wischen, weil sie ihr in die Augen rannen. Aber beide, Paulina ebenso wie Jeanette, zwangen sich, der Tante zu folgen, weil sie die alte Dame auf keinen Fall alleine lassen wollten. Außerdem war Jeanettes Neugierde geweckt. Sie wollte unbedingt wissen, welche Rolle Onno Henken in diesem offenbar unguten Spiel spielte.

Tief geduckt, den Dornen und Schlingzweigen so gut es ging ausweichend, kämpften sich die Frauen vorwärts.

Ihr Kopf bestand nur aus Schmerz. Stöhnend hob Fenna die Hand und betastete ihr Gesicht, das sich wie ein dicker Schwamm anfühlte, der immer weiter anschwoll.

Sie sah wahrscheinlich fürchterlich aus. Doch das war jetzt egal. Viel wichtiger war es, herauszufinden, wo sie sich befand. Mühsam öffnete sie die Augen, das Linke war so zugeschwollen, dass sie durch den schmalen Schlitz kaum etwas sehen konnte.

Es dauerte einen Moment, ehe Fenna die Umrisse eines Regals erkannte. Dann schälten sich nach und nach auch die übrigen Konturen der Einrichtungsgegenstände aus der Dämmerung.

Schwindendes Licht fiel durch eine Kellerluke. Fenna fiel ein, dass sie mit Ibo zum Abendessen verabredet war. Der arme Tierdoktor würde vergebens an ihre Tür klopfen. Hoffentlich kümmerte er sich um Verdi. Der Welpe brauchte dringend sein Abendbrot!

Wo zum Teufel war sie gelandet? Sie richtete sich auf, was in ihrem Kopf kleine Explosionen auslöste. Aber Fenna ignorierte die Schmerzen und sah sich um. Und dann begriff sie: Sie befand sich in einem Keller.

Nur, zu welchem Haus gehörte dieser Keller?

Stöhnend erhob sie sich von der schmutzigen, feuchten Matratze, auf der sie gelegen hatte, und schleppte sich zur Tür. Sie war aus Stahl, mit dicken Nieten bestückt. Obwohl Fenna nicht erwartet hatte, dass sie offen war, überkam sie ein Gefühl bitterer Enttäuschung, als sie die Klinke herunterdrückte und das Schloss nicht aufsprang.

"Onno, du Mistkerl!", flüsterte Fenna mit rauer Stimme. Sie wandte sich um, ihre Augen suchten die kahlen Wände ab, auf der Suche nach einem Anhaltspunkt, durch den sie auf den Standort ihres Gefängnisses schließen konnte. Doch es gab nichts was wirklich

Rückschlüsse zuließ.

In ihrem Kopf tobte immer noch Schmerz, zugleich war ihr schwindelig. Doch Fenna zwang sich, an das schmale Fenster zu gehen. Dichtes Gestrüpp verweiger te den Blick in den Garten. Doch genau dieses verwachsene Buschwerk, die langen Dornenranken, der Unrat dazwischen weckten in Fenna den Verdacht, dass sie sich in der Deichvilla befand. Noch einmal sah sie durch den Raum, dann wurde der Verdacht zur Gewissheit. Onno hatte sie in ihre eigene Villa geschleppt, dem wahrscheinlich einzigen Ort, wo er sie halbwegs sicher wusste. Im Hause seiner Eltern würde er sie ganz bestimmt nicht unterbringen und ein anderes Haus, das von derart dichtem Rankenbuschwerk umgeben war, fiel Fenna im Moment nicht ein. Außerdem bestanden sämtliche Türen zu den vier großen Kellerräumen, über die die Villa verfügte, aus schwerem Stahl.

Schwerfällig kehrte Fenna zu der Matratze zurück und ließ sich darauf nieder. Keine Sekunde zu früh, denn draußen erklangen plötzlich Schritte, die sich rasch näherten. Fenna ließ sich zurücksinken, rollte sich zusammen und tat, als ob sie schliefe.

Ein Schlüssel drehte sich knirschend im Schloss. Dann ertönten Schritte, die sich der Matratze näherten. Eine Hand legte sich auf Fennas Schulter.

"Wach auf!" Onnos Stimme klang unnachgiebig. "Los, mach die Augen auf. Ich weiß, dass du nicht mehr ohnmächtig bist."

Das Gefühl, endlich einmal derjenige zu sein, der das Spiel bestimmte, berauschte ihn. Macht, das war eine starke Droge, die er voll auskosten wollte. Als Fenna sich immer noch nicht rührte, packte er sie grob an den Schultern und schüttelte sie, bis sie vor Schmerz die Augen aufriss.

"Na, siehst du." Onno grinste zufrieden und richtete sich auf. "Hier sind die Verkaufsverträge für deine Villa." Er warf den Packen Papier auf die Matratze. "Wenn du sie unterschrieben hast, kannst du gehen."

Verständnislos starrte Fenna auf die Unterlagen.

"Du hättest es netter haben können", höhnte Onno bösartig. "Ich habe mir wirklich Mühe gegeben, dir die Sache schmackhaft zu machen. Als meine Frau hättest du ein angenehmes Leben geführt."

Er begann, in dem düsteren Raum auf und ab zu gehen, ganz in der Manier seines Vaters: die Hände auf den Rücken gelegt, den Kopf auf die Brust gesenkt.

"Glaube mir, ich habe dich wirklich gemocht", faselte er weiter. "Aber nein, der Viehdoktor war dir lieber. Nun gut, dann werde mit ihm glücklich. Vorher unterschreibst du allerdings diesen Vertrag."

"Ich denke nicht daran", murmelte Fenna abweisend. "Dein Vater macht daraus..."

"Lass meinen Vater aus dem Spiel!" Onno war abrupt stehen geblieben. Wütend funkelte er Fenna an. "Jetzt habe ich das Sagen, verstanden?"

"Okay." Fenna musterte ihn aufmerksam. Der irre Glanz in Onnos Augen riet ihr, vorsichtig zu sein. "Ich will trotzdem nicht verkaufen."

Ihre Weigerung rief ein gemeines Grinsen auf Onnos Gesicht.

"Wir werden ja sehen", meinte er spöttisch. "Ich habe Zeit."

Er drehte sich um und ging zur Tür.

"Nein!", schrie Fenna entsetzt auf, Onno achtete jedoch nicht auf ihren Ausruf. Ohne sie anzusehen, verließ er den Kellerraum und schlug die Tür hinter sich zu. Der Schlüssel drehte sich mit hässlichem Knirschen und Rasseln im Schloss, dann entfernten sich Onnos

Schritte.

Ratlos starrte Fenna auf den Stapel Papiere.

Verdi kam Ibo freudig entgegengesprungen. Der junge Mann bückte sich, hob ihn auf den Arm und ging zur Tür. Doch auf sein Klingeln rührte sich nichts im Haus.

Ibo drückte noch einmal auf den Knopf und dann noch einmal. Als sich immer noch nichts tat, sah er sich zweifelnd um.

Fennas Auto stand vor dem Haus, ihr Rad lehnte an der Hauswand. Wo mochte sie sein? Ibo konnte sich nicht vorstellen, dass sie ohne Verdi weggegangen war. Der Welpe war nicht der erste Hund, den sie besaß. Sie hatte ihre Tiere immer mitgenommen, egal, wohin sie gegangen war.

Beunruhigt ging Ibo zur Rückseite des Hauses. Die Terrassentür stand offen. Dicke Rauchschwaden quollen daraus hervor. Hastig setzte er den Welpen ins Gras, tauchte ein Taschentuch in den kleinen Brunnen, der in der Mitte der Rasenfläche plätscherte, presste es sich vor Mund und Nase und eilte ins Wohnzimmer.

Die Quelle des Qualms war schnell ausgemacht. Auf dem Herd stand ein Topf, dessen Inhalt nur noch aus schwarzen Klumpen bestand. Ibo nahm ein Handtuch, zog ihn von der glühenden Platte und schaltete den Herd aus.

Den Topf trug er in den Garten und öffnete anschließend sämtliche Fenster.

Jetzt zweifelte er nicht mehr daran, dass irgendetwas passiert sein musste. Fenna handelte stets überlegt.

Wenn sie ihren Hund zu Hause ließ und vergaß, den Topf vom Herd zu nehmen, konnte das nur bedeuten, dass sie entweder eine aufregende Nachricht erhalten hatte, oder dass ihr etwas geschehen war.

Ibo zog sein Handy aus der Tasche und wählte Fennas Mobilnummer.

Er hatte sich nicht geirrt. Sie waren ihm gefolgt und lauerten jetzt im Gebüsch. Gut so! Auf diese Weise konnte er zwei Probleme gleichzeitig aus dem Wege schaffen. Er musste nur warten, bis sie ins Haus kamen. Und damit sie das auch wirklich taten, würde er sie ein wenig locken.

Diesmal sollte sein Vater keinen Grund haben, ihn zu verachten. Tillmann sollte das erste Mal sagen, dass er stolz war auf seinen Sohn.

Als das Handy zu dudeln begann, wäre Fenna vor Schreck beinahe erneut in Ohnmacht gefallen. Hastig zerrte sie das Gerät aus der Gesäßtasche ihrer Jeans und meldete sich flüsternd.

"Fenna, Gott sei Dank!"

Ihr schossen die Tränen in die Augen, als sie Ibos Stimme erkannte.

"Ich habe mir Sorgen gemacht, weil du den Topf nicht vom Herd genommen hattest und Verdi alleine im Garten herumlief. Wo steckst du? Hast du unsere Verabredung vergessen?"

"Nein.", flüsterte Fenna, weil sie fürchtete, dass Onno vielleicht in der Nähe der Tür herumlungerte. "Hör bitte zu." Sie wollte keine wertvolle Zeit verstreichen lassen. "Ich bin im Keller der Deichvilla eingesperrt. Onno Henken hat mich entführt."

Sie konnte hören, wie Ibo kurz die Luft anhielt.

"Bleib ganz ruhig", rief er dann ins Telefon. "Ich hole Hilfe."

Fenna unterbrach das Gespräch, weil draußen Schritte erklangen. Hastig schob sie das Handy unter die Matratze. Nur wenige Sekunden später wurde heftig an die Tür geklopft.

"Hast du schon unterschrieben?"

Fenna antwortete nicht.

"Auch gut", hörte sie Onnos Stimme dumpf durch den Stahl dringen. "Eine Nacht im Dunkeln ohne Essen und Trinken, wird dich schon zur Vernunft bringen."

Er entfernte sich. Zitternd rollte Fenna sich auf der Matratze zusammen. Sie hatte Angst, allerdings nicht vor Onno. Ihr grauste es vor dem Haus.

Durch das dichte Buschwerk konnten sie sehen, wie Onno Henken in sein Cabrio stieg und davonfuhr. Sie warteten noch einen Moment, dann raunte Tante Betty: "Jetzt oder nie!" und lief los.

Jeanette und Paulina folgten ihr. Sie rannten über den Vorplatz, eilten die steinerne Treppe hinauf und schoben die schwere Eichenholztür auf.

Jeanettes Nackenhaare sträubten sich, als sie die

Halle hinter Tante Betty und Paulina betrat und der Flügel des Portals knarrend hinter ihr zufiel. Es gab einen dumpfen Knall, der eigentümlich durch das leere Haus hallte.

In der Halle war es düster. Sie brauchten alle drei einen Moment, bis sich ihre Augen an die Dämmerung gewöhnt hatten und sie die Umrisse des Raumes erkennen konnten.

"Lasst uns gehen", drängte Paulina, der vor Angst der Hals ganz eng war.

"Nein." Tante Betty sah sich neugierig um. "Ich will wissen, was der Kerl hier gemacht hat."

"Ich nicht", wimmerte Jeanette, aber Betty hatte bereits ihre Hand genommen und zog sie hinter sich her zur Treppe.

Zu dritt stiegen sie die knarrenden Stufen hinauf. Im ersten Stock gab es einen langen Gang, von dem mehrere, reich mit Schnitzereien verzierte Türen abgingen. Die Räume dahinter waren leer. Dicke Straubwolken erhoben sich, als die Frauen die Türen öffneten und hineinsahen.

Auch in der zweiten Etage war nichts Aufregendes zu entdecken. Tante Betty wollte nun auch noch den Dachboden inspizieren, doch Jeanette und Paulina wehrten sich gegen dieses Vorhaben.

"Lass uns gehen", drängte Paulina, deren so Blicke unruhig hin und her huschten als erwartete sie, dass ein Geist aus einem der Zimmer schweben würde. "Onno Henken kann jeden Augenblick zurückkommen."

"Ach, was!" Tante Betty schickte sich an, die schmale Stiege zum Boden zu erklimmen, Jeanette versuchte sie zurückzuhalten .

"Jetzt reicht es, Tante!" Ihr Ton ließ keinen Widerspruch zu. "Wir verlassen auf der Stelle dieses Haus und machen das wir wegkommen, verstanden?"

"Also gut", gab Betty nach. "Ihr seid zwei Angsthasen, wisst ihr das?"

"Ja, wir wissen es." Jeanette konnte kaum noch sprechen, so sehr schnürte ihr die Angst die Kehle zu.

Sie drehte sich um und begann mit steifen Bewegungen die Treppe hinunterzusteigen, gefolgt von Paulina, die vor Angst schlotterte, und Tante Betty, die im Stillen mit ihrem Schicksal haderte, das ihr zwei solche Hasenfüße an die Seite gegeben hatte.

Onno Henken trat so unerwartet aus dem Schatten des Ganges, dass den Frauen keine Zeit mehr blieb, die Flucht zu ergreifen. Entsetzt starrten sie alle drei in das schwarze Mündungsloch einer Walther PPK.

"Willkommen, meine Damen", grinste Onno. Seine Augen hatten jegliche Farbe verloren. Sie glitzerten wie Glas. Jeanette erschien dieses Glitzern noch bösartiger als der Mündungslauf der Waffe, der direkt auf ihre Stirn zielte.

"Ich mache keine Witze!" Ibo hieb mit der Faust auf den Tresen der Wachstation. "Fenna Jessen ist entführt worden. Sie hat es mir selbst gesagt."

Der diensthabende Beamte hob leicht konsterniert die Brauen. Er befand sich in einer Zwickmühle. Einerseits musste er der Anzeige des Tierarztes nachgehen, andererseits mochte er es sich nicht mit Tillmann Henken verderben. Der Bauunternehmer konnte verdammt unangenehm werden, wenn man ihm auf die Zehen trat. Und wenn Polizeimeister Erek Jever dem Sohn wegen

Kidnappings auf die Pelle rückte, würde das dem Herrn Papa überhaupt nicht gefallen.

"Hören Sie", versuchte Jever einen Kompromiss mit Ibo zu schließen. "Ich werde einen Wagen zur Villa schicken, einverstanden? Und Sie bleiben dem Grundstück am besten fern. Wir wollen doch kein unnötiges Aufsehen erregen, nicht wahr?"

"Doch!", schrie Ibo ihn an. "Mir ist es nämlich völlig egal, was die Leute denken. Verstehen Sie immer noch nicht? Fenna Jessen ist in Gefahr!"

"Ja, ja, das habe ich verstanden." Jever nickte geduldig. "Wie gesagt, ich schicke einen Wagen zur Villa. Die Kollegen sollen sich mal ein bisschen auf dem Grundstück umsehen. Ach, und sollten die Kollegen Sie dort irgendwo sehen, dann werden sie Sie festnehmen, verstanden?"

"Mit welcher Begründung?", fragte Ibo aufsässig.

"Wegen Behinderung einer behördlichen Maßnahme", lautete die Antwort. "Warten Sie am besten zu Hause, bis wir Sie anrufen."

Ibo fühlte sich entlassen. Wütend stürmte er aus der Amtsstube und stieg in seinen Wagen.

"Das haben wir ja supertoll hingekriegt." Tante Betty ließ sich neben Fenna auf der Matratze nieder. "Hat wenigstens jemand ein Handy dabei?"

"Ich", flüsterte Fenna. Sie sah zu Jeanette und Paulina, die vor Angst zitterten. "Die Polizei müsste jeden Moment hier sein."

"Dein Wort in Gottes Ohr", seufzte Tante Betty.

Endlich war das Glück auf seiner Seite! Jetzt würde er die Sache zu Ende bringen und zwar so, dass alle Probleme mit einem Schlage gelöst waren.

Mit dem Keller würde er beginnen. Dort gab es genügend altes Gerümpel, das sicherlich wie Zunder brannte, wenn er nur ein Streichholz daran hielt. Vor allem würde man das Feuer dann nicht so schnell bemerken. Bis es sich vom Keller ins Erdgeschoss und dann hinauf in die anderen Etagen gefressen hatte, würde es eine Weile dauern.

Onno schwitzte, während er einen Kanister aus seinem Auto hievte und ins Haus trug. Er hörte die Frauen seinen Namen rufen. Unbeeindruckt begann er, das notwendige Material zusammenzusuchen. Hier eine alte Matratze, dort ein morscher Stuhl, ein Haufen brüchiger Lumpen und ein paar alte Zeitungen, mit denen sich wahrscheinlich irgendwelche Berber zugedeckt hatten. Alles schleppte Onno in den Keller und schichtete es zu einem kleinen Scheiterhaufen auf.

Er grinste fröhlich, als er schließlich den Kanister über dem Haufen ausleerte.

Erek Jever ließ sich Zeit mit seinen Nachforschungen. Er fuhr erst eine Weile durch die Gegend und schaute bei der Gelegenheit gleich mal im Hafen nach dem Rechten, ehe er die Deichstraße aufsuchte, die an dem Anwesen vorbeiführte.

Um keine unnötige Aufmerksamkeit zu erregen, ließ er den Streifenwagen ein Stück von der Zufahrtstraße entfernt stehen und ging zu Fuß zur Villa.

Das Anwesen wirkte abweisend, finster und unheimlich wie immer. Hier hatte sich bestimmt seit Jahren kein Mensch mehr aufgehalten. Nicht mal die Besitzerin, Fenna Jessen, besuchte ihren Besitz, geschweige denn ein Hasenfuß wie Onno Henken, der sich schon in die Hosen machte, wenn neben ihm ein Dackel bellte! Ibo Klaasen musste einem Scherz aufgesessen sein.

Entschlossen machte Erek vor dem Tor kehrt und ging zu seinem Streifenwagen zurück.

"Es brennt!" Tante Bettys Erkenntnis traf die Frauen wie ein Blitz. Sie rannten zur Tür, durch deren Ritzen dünne Rauchfetzen in den Raum krochen. Hier breiteten sie sich aus und reizten die Bronchien der Eingeschlossenen.

Paulina griff nach der Türklinke und rüttelte daran. Entsetzt zog sie die Hand wieder zurück.

"Um Gottes Willen!" Entsetzt betrachtete sie ihre Handfläche. "Er muss das Feuer direkt vor der Tür angesteckt haben."

"Vorsicht!", warnte sie, als Jeanette mit den Fäusten an die Tür hämmern wollte. "Sie ist glühend heiß."

Tante Bettys Gesicht war bleich wie eine Totenmaske. Doch Jeanette beachtete sie nicht. Ihr Blick war auf Fenna gerichtet.

"Fen?" Sie trat zu ihr. "Fenna, was um Himmels Willen ist mir dir?"

Fenna schien in eine Art Trance gefallen zu sein. Der Blick ihrer jetzt katzengrünen Augen war in eine imaginäre Ferne gerichtet. Ihre Lippen formten Worte, die Betty und Jeanette nicht hören konnten.

Paulina schien sie jedoch zu verstehen. Sie war neben Fenna getreten. Jetzt standen beide Frauen vor der Matratze und starrten die gegenüberliegende Wand an.

Betty erhob sich langsam, ohne die beiden aus den Augen zu lassen.

"Was ist mit ihnen?", raunte sie ihrer Nichte zu, die nur ratlos die Schultern hob.

Draußen konnte man nun das Feuer wütend hören. Sein Prasseln und Fauchen hätte eigentlich alle anderen Geräusche überlagern müssen, dennoch hörte Jeanette plötzlich dieses seltsame *Tok*.

Tok und noch einmal *Tok*, als wenn ein Ball auf und ab springt. *Tok – Tok – Tok*.

Ihre Nackenhaare sträubten sich. Sie sah erneut zu Fenna und Paulina, die ganz offensichtlich gerade den Verstand verloren. Ihre Blicke waren auf einen Punkt an der Wand gerichtet, Fennas Kopf bewegte sich leicht hin und her, als würde sie jemandem zunicken.

Aber da war nichts, stellte Jeanette fest. Nur dieses uralte, schwere Holzregal und eine ausgeblichene Plastiktüte.

Eine Plastiktüte?

Sie hätte schwören können, dass die Tüte vorher nicht da gelegen hatte. Nun, jetzt war sie da. Ein altes, schon zerfleddertes Ding, das bestimmt seit Jahren hier unten lag.

Sie war gelb.

"*Folgt mir*", sagte das Mädchen. Es war fünf, höchstens sechs Jahre alt. Sein gelbes Kleidchen leuchtete trotz der Dunkelheit und des Qualms, der in grauen Fetzen in der Luft hing. "*Ihr müsst keine Angst haben, ich weiß einen Weg nach draußen. Nehmt eure Freundinnen mit*."

Fenna nickte stumm.

"Wer bist du?", fragte sie, den Blick starr auf das Kind gerichtet.

"*Gerda*", antwortete die Kleine. "Ich wohne hier schon sehr lange." Sie winkte Fenna zu sich. "*Komm, ihr braucht wirklich keine Angst zu haben*."

Ihre kleine, weiße Hand deutete auf das alte Holzregal.

"Ihr müsst es wegschieben."

Fenna erhob sich und sah zu Paulina, die ebenfalls aufstand. Erstaunt stellte diese fest, dass sich ihr Körper ungewöhnlich leicht anfühlte, so als würde sie schweben. Doch sie schwebte nicht. Ihre Füße standen fest auf dem feuchten Kellerboden, über den die ersten Rauchfäden auf sie zukrochen.

Fenna zeigte auf das Regal.

"Wir müssen es wegschieben."

"Warum?" Jeanette schüttelte verständnislos den Kopf.

"Weil es sein muss." In Fennas Blick lag plötzlich etwas, das es Jeanette ratsam erscheinen ließ, keine weiteren Fragen zu stellen.

"Okay", sagte sie deshalb nur und versuchte den kalten Schauer zu ignorieren, der ihr über den Rücken rann und die Nackenhaare sträubte.

"Hat denn niemand von euch ein Handy dabei, mit dem wir die Feuerwehr rufen können?", fragte Tante Betty, die sich von ihrem Schrecken erholt hatte und wie immer an das Nächstliegendste dachte.

Fenna erwachte schlagartig aus ihrem Trancezustand. "Ja, ich!" Sie schlug sich mit der flachen Hand vor die Stirn. "Wieso bin ich nicht von selbst auf die Idee gekommen?!"

"Das ist der Schock", behauptete Tante Betty und ließ sich das Mobilgerät geben. Während sie die Notrufnummer eintippte, schickten sich die drei Freundinnen an, das Regal von der Wand wegzuschieben.

Das Möbel war schwerer als gedacht. Nur Zentimeter für Zentimeter ließ es sich wegrücken. Als sie es endlich geschafft hatten, das Teil so weit von der Wand wegzurücken, dass sie dahinterblicken konnten, waren sie völlig außer Atem. Schweiß stand ihnen in dicken Tropfen auf den Stirnen.

Erstaunt sahen sie auf die quadratische Holzklappe, die zum Vorschein gekommen war. Sie maß etwa neunzig auf neunzig Zentimeter und befand sich ungefähr in der Höhe ihrer Köpfe.

"Die Feuerwehr kommt", jubelte Tante Betty, dann trat sie zu den dreien und sah genauso verwundert auf die Klappe wie ihre drei jungen Begleiterinnen.

"Was ist das?", fragte Tante Betty, die Stirn in skeptische Falten gelegt.

"Keine Ahnung", murmelte Fenna. "Ich weiß nur, dass es da irgendwie nach draußen geht." Suchend sah sie sich um.

"Wir legen das Regal um", entschied Fenna schließlich. "Ich steige hinauf und versuche, die Klappe zu öffnen."

Sofort packten die Freundinnen erneut an. Das Regal war nicht nur schwer, sondern auch sperrig, doch als sie es endlich auf die Seite gelegt und an die Wand geschoben hatten, reichte die Höhe tatsächlich aus, um bequem an die Holztür zu gelangen.

Fenna stieg auf das Regal. Nach ein paar verzweifelten Versuchen, bei denen Fenna die Freundinnen zu

Hilfe kamen, schwang die Tür auf und gab den Blick in einen düsteren Gang frei. Jahrzehntealte Spinnennetze hatten ihn zugewoben, ein kalter Hauch wehte den Frauen entgegen, der den Geruch nach Moder und Vergänglichkeit mit sich brachte.

Neugierig blickte Fenna in die Düsternis, dann wandte sie sich zu den Freundinnen um.

"Der Weg führt steil nach oben", informierte sie ihre Begleiterinnen. "Wir drei könnten es schaffen dort hinaufzukrabbeln, aber für Sie...", sie sah Tante Betty an, "ist das nicht zu schaffen."

"Unsinn!", widersprach die alte Dame energisch. "Ich bin doch noch kein Wrack!"

"Nein, aber Sie sind auch keine zwanzig oder dreißig mehr", erwiderte Fenna genauso energisch. "Und Sie alleine hier zurücklassen, das wäre unverantwortlich."

Sie sah erneut in den Schacht. Gerdas gelbes Seidenkleidchen leuchtete in der Finsternis wie ein Licht.

"Ich habe eine Idee!", rief Fenna plötzlich und wandte sich erneut ihren Freundinnen zu. "Da oben ist irgendwo garantiert ein Ausstieg. Wir knoten alles zusammen, was sich zum Hochklettern eignet." Sie hob die Hand und zählte an den Fingern auf. "Strümpfe, Büstenhalter, Jeans, egal was, Hauptsache, es lässt sich verknoten. Jeder Zentimeter zählt." Erneut blickte sie in den Schacht. Ihre Stimme klang seltsam hohl, als sie weitersprach. "Dann steige ich hinauf, binde das Seil irgendwo fest und ihr zieht euch nacheinander daran nach oben."

"He, das ist eine Superidee!" Jeanette begann bereits ihre Jeans aufzuknöpfen und sie zusammen mit ihrer Strumpfhose herunterzurollen.

Fenna trug Jeans und Leggins. Als sie die Schuhe auszog und die weichen Snoopy-Kuschelsocken zutage kamen, mussten die anderen trotz des Ernstes der Situation lachen.

"Ich friere halt immer", entschuldigte Fenna verlegen ihren Geschmack und reichte die Kleidungsstücke an Jeanette weiter, die damit begann, sie zusammenzuknoten.

Paulina trug Leggins und Kniestrümpfe, die ebenfalls zum Seil verarbeitet wurden und Tante Betty überraschte alle mit halterlosen Nylons.

"Kein Wort über meinen Kleidungsstil", warnte sie ihre Nichte, die gerade zu einem erstaunten Ausruf ansetzte. "Ich sagte es bereits: Ich bin noch kein Wrack. Und auch in meinem Alter heißt die Devise 'Bereit sein ist alles'." Damit reichte Tante Betty ihren Spitzen-BH an Jeanette, die sich jetzt nur noch mit Mühe ein Grinsen verbiss.

Aus Jeans, Leggins, Strumpfhosen, Kniestrümpfen, einem Unterhemd und den vier BHs wurde ein ansehnliches Seil, das vielleicht ausreichen würde, um daran in die Freiheit zu klettern.

Fenna nahm das eine Ende, stieg wieder auf das Regal und verschwand kurz darauf in dem dunklen Loch, aus dem kalter Wind in den Kellerraum wehte.

Dunkelheit umgab sie. Der Geruch nach Moder und Vergänglichkeit war jetzt so stark, dass Fenna schauderte. Und dann, irgendwo in dieser Düsternis, hörte sie plötzlich Gerdas zartes Stimmchen singen:

"*Schlaf Kindchen, schlaf...*"

Alle lauschten auf die Geräusche, die aus dem Schacht zu ihnen drangen. Vor der stählernen Kellertür wütete das Feuer, unablässig drangen dünne Rauchfäden durch die Ritzen in den Raum.

Aus der Nähe der Tür kam ein knarrendes Geräusch.

Jeanettes Herz begann vor Aufregung wie verrückt gegen die Rippen zu hämmern. Tante Betty schien sich ebenfalls zu fürchten. Ihre kurzen Atemstöße verrieten, wie erregt sie war.

Bitte, lieber Gott, lass uns nicht in diesem Keller umkommen, sandte Jeanette ein stummes Stoßgebet in die Dämmerung des öden Kellerraumes. Ich will nicht sterben.

"Es wird alles gut", sagte Paulina, die neben ihr stand, als hätte sie Jeanettes Gedanken erraten. "Wir kommen hier raus, da bin ich mir ganz sicher."

Genau in diesem Moment hörte Jeanette es.

Tok – ihre Nackenhaare sträubten sich. *Tok, Tok, Tok...*

Ibo jagte seinen Geländewagen so scharf über die Steinplatten, dass das Gestrüpp und tote Laub hinter ihm in dicken Wolken aufflog. Direkt vor der Treppe bremste er den Wagen scharf ab, sprang heraus und eilte an das Portal.

Ein Fauchen empfing ihn, als er die Flügel aufriss. Das Feuer, das bisher im Erdgeschoss nur geschwelt hatte, explodierte durch die plötzliche Sauerstoffzufuhr. Mit wilder Lust stürzte es sich auf die gesamte Halle und begann gierig an der Holzvertäfelung zu fressen.

Entsetzt prallte Ibo zurück. Er rannte die Treppe wieder hinunter, riss sein Handy aus der Instrumententasche und wählte den Notruf.

Der Weg führte steil nach oben. Vor ihr ging Gerda, ihr gelbes Kleidchen leuchtete als wollte es Fenna den Weg erhellen.

Gerda sang selbstvergessen ihr kleines Liedchen. Hin und wieder blickte sie sich nach Fenna um und lächelte ihr beruhigend zu.

Immer steiler wurde der Weg. Mehrfach geriet Fenna ins rutschen, aber immer, wenn sie abzugleiten drohte, schien es, als würde eine Hand nach ihr greifen und sie festhalten, bis sie sich wieder gefangen hatte und weiterkriechen konnte.

So schaffte sie es schließlich, immer das gelbe Kleidchen ihrer kleinen Freundin im Blick, die Rampe hinaufzuklettern, bis sie eine Holztür erreichte, durch deren Ritzen helles Tageslicht in dünnen Streifen in den Gang fiel.

"Wir sind da", sagte Gerda und ließ ihren gelben Ball aufspringen. "Hinter dieser Tür liegt der Garten."

Tok, machte der Ball, als er aufsprang. *Tok, Tok, Tok*, dann war die kleine Gestalt im gelben Seidenkleid verschwunden. Nur ihr fröhliches Lachen war noch zu hören, das sich jedoch rasch in den Tiefen des Hauses verlor.

Das Holz war in den Jahren morsch geworden. Es leistete Fennas Fäusten keinen ernsthaften Widerstand. Sie musste nur ein paar Mal kräftig gegen die faulen Latten schlagen, dann zerbrachen sie und Fenna konnte ins Freie kriechen.

Die Freundinnen jubelten, als der helle Schein durch

den Gang zu ihnen drang.

"Reicht das Seil bis zu euch?", rief Fenna zu ihnen hinunter.

"Ja!", schrie Jeanette zurück. "Kannst du es irgendwo festmachen?"

"Wartet mal..." Die Freundinnen hörten Fenna draußen herumgehen, dann ertönte erneut ihre Stimme. "Nein, nur keine Sorge. Ich halte es fest, egal, was passiert."

"Dann schicken wir am besten Paulina zuerst nach oben!", rief Jeanette in die Luke. "Ich glaube, sie ist die leichteste von uns allen. Sie kann dir dann beim Halten helfen, damit meine Tante und ich auch nach oben klettern können."

"Alles klar!" Fenna wand sich das Seilende zweimal ums Handgelenk und hielt das Seil dann mit beiden Händen fest.

Unten stieg Paulina nun auf das Regal. Sie wartete, bis Fenna ihr sagte, dass alles bereits war, dann ergriff Paulina den Kleiderstrick, kletterte in die Luke und begann, sich am Seil festhaltend, die steile Rampe hinaufzusteigen.

"Jetzt du", forderte Jeanette, als Paulina oben angekommen war und das Seil jetzt mit Fenna gemeinsam festhielt.

"Nein Kind, du zuerst", lehnte die Tante ab. "Du bist noch jung und hast das Leben vor dir..."

"Halt die Klappe, Betty, und steig auf das Regal!", unterbrach Jeanette ihre geliebte Tante rüde. "Wir haben keine Zeit, zu diskutieren."

Erstaunlicherweise gehorchte die sonst widerspruchsfreudige Tante. Jeanette half ihr in die Luke und den Schacht zu klettern, dann musste die alte Dame alleine und im Vertrauen auf die beiden Helferinnen, die das Seil hielten, die steile Rampe hinaufklettern.

Es war wirklich nicht leicht für sie, doch mit der ihr eigenen Disziplin und dem Willen zu überleben, schaffte es die alte Dame schließlich, auf den Knien rutschend und sich gleichzeitig am Seil hochhangelnd, in die Freiheit zu entkommen.

Jetzt war Jeanette dran. Der Kellerraum hatte sich inzwischen immer mehr mit Rauch gefüllt, der nun auch in den offenen Schacht zog. Nicht mehr lange und man würde die Hand nicht mehr vor Augen sehen können. Es war höchste Zeit, dass Jeanette den Keller und den Schacht verließ. Sie wusste, dass man bei starker Rauchentwicklung innerhalb von wenigen Minuten bewusstlos werden konnte. Die Angst davor half ihr, behände in den Schacht zu klettern und mit Hilfe des Seils, hustend und keuchend die steile Rampe hinaufzukraxeln.

Draußen überkam sie erst einmal ein Hustenanfall, doch dann fielen sich die Frauen lachend und weinend zugleich in die Arme. Sie hatten es geschafft.

Sie waren gerettet!

"Nichts wie weg", kommandierte Tante Betty, die als Erste die Fassung zurückgewann.

Jeanette setzte sich augenblicklich in Bewegung. Als sie sich nach Fenna und Paulina umblickte, sah sie jedoch mit Erstaunen, dass die Freundinnen immer noch vor dem Ausstieg standen. Sie starrten in das Gestrüpp, das hier so dicht war, dass das Tageslicht nicht einmal zur Mittagszeit bis auf den Boden fiel.

Eine gelbe Plastiktüte schaukelte im Wind. Sie hatte sich in den Dornen verfangen, die sie festhielten und daran hinderten, der leichten Brise zu folgen.

"Was machen die beiden denn da?", fragte Tante Betty, die Jeanettes Blicken gefolgt war. "Da ist doch nichts."

"Stimmt", murmelte ihre Nichte. "Da ist niemand." Im Stillen fügte sie hinzu: *Nur ein gelber Kinderball, der vor Fennas Füßen liegt.*

Noch während sie diese Worte dachte, fegte ein Windstoß heran, der den Dornen energisch die Plastiktüte entriss. Elegant erhob sie sich in die Lüfte und tanzte mit dem Wind davon.

Er stürzte sich auf den Widersacher, noch bevor dieser sein Gespräch mit dem Mobiltelefon beendet hatte. Mit Genuss bohrte er Ibo den Lauf der Walther in den Nakken, worauf Ibo wie zu einer Steinsäule erstarrte.

"Genug telefoniert", kicherte Onno ihm ins Ohr und nahm ihm das Handy aus der Hand. "Und nun, umdrehen!"

Darauf hatte Ibo nur gewartet. Endlich konnte er zeigen, dass die monatlichen Beiträge im Selbstverteidigungskurs nicht aus dem Fenster geschmissen waren, sondern einen echten Nutzen hatten.

Er wirbelte so schnell herum, dass Onno keine Zeit blieb, sich auf die Attacke gefasst zu machen. Noch in der Drehung hob Ibo das rechte Bein, trat Onno die Waffe aus der Hand und hieb ihm mit dem linken Unterarm gegen den Kopf. Es gab ein hässliches Geräusch, als Ibos Ellbogen die Schläfe des jungen Mannes traf. Während dieser fiel, kam Ibo zum Stehen. Blitzschnell bückte er sich, packte den jungen Mann am Kragen und hob ihn hoch, als würde er nur ein paar Gramm wiegen.

"Wo ist Fenna?"

In Onnos gläserne Augen kehrte das Leben zurück. Sie begannen wie irre zu glitzern. Er stieß ein schrilles Lachen aus.

"Hexen müssen brennen", zischelte er. Speichelfetzen trafen Ibos Wangen. "Brennen, brennen, lichterloh brennen."

"Ibo!" Beim Klang der Stimme blickte der Tierarzt auf. Als er Fenna, spärlich bekleidet, in Begleitung von drei Frauen, die auch nicht viel anhatten, aus dem Dikkicht schlüpfen sah, ließ er Onno los. Der fiel überrascht zu Boden.

"Fenna!" Ibo wollte zu den Frauen eilen, aber da fiel ihm die Waffe ein, die noch auf der Erde lag. Onno war der gleiche Gedanke gekommen. Verlangend streckte er die Hand nach dem schwarzen Todbringer aus, doch bevor er seine Finger um das kalte Eisen schließen konnte, trat Ibo zu und brach ihm die Mittelhandknochen.

Onno heulte auf wie ein geprügelter Hund.

Mit einem Aufschluchzen fiel Fenna dem jungen Tierarzt um den Hals.

Hauptkommissar Daniel Beekmann rieb sich die Schläfen. Er hatte eine lange Nacht hinter sich. Aber er war trotzdem mit dem Ergebnis des Verhörs "Henken" zufrieden. Der Fall "Mattes Kühneweiß" konnte als aufgeklärt zu den Akten gelegt werden und Daniel endlich in seinen verdienten Hochzeitsurlaub gehen.

"Onno ist vollkommen verrückt", wandte er sich an seine Besucher, die ihn erwartungsvoll anstarrten. "Der wahre Schuldige an seinem Zustand und an allem, was passiert ist, ist meiner Meinung nach allerdings wohl eher sein Vater. Der hat Onnos Seele völlig zerstört."

"Darf ich kombinieren?", fragte Jeanette lächelnd. Sie wollte die Geschichte abkürzen, weil sie nach den Ereignissen, die hinter ihnen allen lagen, nur noch einen Wunsch hatte: Ins Bett kriechen und schlafen! "Onno hat Mattes Kühneweiß umgebracht und ins Meer geworfen. Und zwar, weil Kühneweiß den Papa Henken mit irgendeinem krummen Ding erpresst hat."

"Stimmt", gab Daniel ihr lächelnd Recht. "Mattes hatte herausgefunden, dass der Boden der alten Werft mit irgendeinem gefährlichen Gift kontaminiert ist. Deshalb sind so viele polnische Arbeiter krank geworden, als sie die Halle abreißen sollten. Henken hat sie mit Geld abgefunden und bei Nacht und Nebel nach Polen zurückschaffen lassen."

"Und natürlich wollte dieser Henken nicht, dass irgendjemand von dem verseuchten Gelände erfährt", sprudelte Tante Betty los. "Das hätte seine schönen Pläne für die Luxusferienanlage erheblich kompliziert und verteuert. Das hat sich dieser Herr Kühneweiß zunutze gemacht, um ihn zu erpressen."

"Stimmt." Daniel nickte. "Tillmann Henken schickte seinen Sohn los, Kühneweiß das Geld zu übergeben. Onno verabredete sich mit dem Opfer zur Geldübergabe in der Deichvilla. Als Mattes dort eintraf, hat Onno ihn mit einem Kopfschuss getötet und ihn anschließend mit dem Radkreuz seines Wagens den Schädel eingeschlagen. Anschließend hat er die Leiche in eine mitgebrachte Plastikplane gepackt, ihr den Kopf abgetrennt und seine grausige Last dann auf die Yacht seines Vaters gebracht. Den Körper und den Kopf hat Onno getrennt zwischen Norderney und Baltrum ins Wasser geworfen."

"Mein Gott, wie grausam!" Tante Betty schüttelte den Kopf.

"Warum hat er denn dem armen Mattes auch noch den Kopf abgeschlagen?", fragte Ibo, der neben Fenna saß. Er hielt ihre Hand, als fürchtete er, sie könnte jeden Augenblick wieder entwischen.

"Onno hoffte, dass es damit schwerer würde, Mattes zu identifizieren, falls die Leiche doch gefunden werden sollte", gab Daniel Auskunft. Seine Blicke suchten Paulina, die zwischen Jeanette und Tante Betty saß.

"Mein Gott!" Fenna schlug die Hände vor das Gesicht und stöhnte. Sofort legte Ibo seinen Arm um sie und drückte sie an sich.

"Das Geld, das sein Vater ihm gegeben hatte, hat Onno behalten", wusste Kriminalassistent Haberstock zu berichten, der sich bisher im Hintergrund gehalten hatte. "Er träumte davon, seinen Vater zu verlassen, fand dann aber doch nicht den Mut dazu."

"Und weshalb wollte er uns umbringen?", meldete sich Paulina zu Wort.

"Weil Sie ihm auf die Spur gekommen sind." KA Haberstock antwortete, ehe es Daniel tun konnte.

"Onno hatte von seinem Vater den strikten Auftrag erhalten, Fenna zum Verkauf ihres Grundstücks zu überreden", übernahm dieser nun wieder die Führung des Gesprächs. "Wie er das anstellte, war dem Alten egal. Als Fenna sich den Werbungsversuchen des Juniors widersetzte, hat Onno beschlossen, sie zum Verkauf zu zwingen. Er kam auf die Idee mit der Entführung. Als dann auch noch ihr drei aufgetaucht seid..." Er sah Pauline, Jeanette und Tante Betty nacheinander ins Gesicht, "hat er versucht, alle Probleme auf einmal zu lösen und sich zugleich endlich einmal die Anerkennung seines Vaters zu verdienen. Er wollte euch alle vier umbringen, weil er annahm, dass sein Vater danach günstiger an das Land gelangen würde."

"Wie das?", entfuhr es Jeanette verwundert.

"Sein Vater hatte schon vor einigen Wochen diskret und mit Hilfe eines Privatdetektivs nach eventuellen Erben Ausschau halten lassen." KA Haberstock nahm einen Kugelschreiber vom Tisch und kratzte sich damit hinter dem Ohr. Dann wandte er sich Fenna zu. "Da Sie nur eine um sieben Ecken mit Ihnen verwandte Erbin haben, die kein Interesse daran hat, im Falle Ihres Ablebens einen Haufen Erbschaftssteuer für die bruchreife Villa zu bezahlen, hätte Tillmann Henken wahrscheinlich kein Problem gehabt, es Ihrer XXX-Cousine abzukaufen."

"Wir vermuten sogar, dass Tillmann Henken ernsthaft mit dem Gedanken gespielt hat, dich aus dem Wege zu räumen, wenn du dich nicht bald zum Verkauf der Villa entschlossen hättest", sprach Daniel den Verdacht aus, den nicht nur er hegte. "Sein Sohn Onno ist leicht zu manipulieren. Henken brauchte ihm gegenüber nur die richtigen Bemerkungen fallen lassen. Aber leider..." Daniel seufzte und hob die Schultern, "leider können wir Tillmann Henken das nicht nachweisen."

"Wo ist Onno Henken jetzt?", wollte Tante Betty wissen.

"In Emden, in der Psychiatrie", gab Haberstock Auskunft. "Von dort wird er nach Wilhelmshaven in eine geschlossene Anstalt überführt. Der Kerl ist vollkommen durchgedreht."

"Wird sich jemand aus der Familie um ihn kümmern?" Die Frage kam von Paulina, der der junge Mann bereits Leid zu tun begann.

"Seine Mutter, nehme ich an", erwiderte HK Daniel

Beekmann. "Sein Vater..." Er unterbrach sich und winkte ab. "Bei manchen Fällen habe ich das Gefühl, dass wir die Falschen hinter Gitter bringen und die wahren Schuldigen laufen lassen."

"Ja, dieses Gefühl habe ich in diesem Fall auch", murmelte Jeanette. Fenna, Pauline und Tante Betty nickten stumme Zustimmung.

Ein beißender Ostwind rüttelte an den Bäumen und entriss ihnen das bunte Laub, das vor wenigen Tagen noch das Land im Schein der Oktobersonne verzaubert hatte. Dazu gesellte sich ein feiner Nieselregen, der schon seit dem Morgen das Land mit einem grauen Schleier überzog und die Inseln wie eine Fata Morgana in der Weite der grauen, aufgewühlten See erscheinen ließ. Trotz dieses unwirtlichen Herbstwetters hatten sich um die sechzig Leute auf dem Nordener Friedhof eingefunden. Schweigend sahen sie zu, wie der kleine weiße Sarg in die Grube gesenkt wurde. Der Pfarrer sprach seinen Segen darüber, dann trat er zur Seite, damit die Trauergäste herantreten konnten.

Lange sahen Jeanette und Tante Betty auf den blumengeschmückten Sarg hinunter, ehe sie nacheinander jeder drei gelbe Rosen hineinwarfen. Nach ihnen traten Paulina und Daniel hinzu, ebenfalls mit gelben Rosen in den Händen, gefolgt von Fenna und Ibo, die wie ihre Vorgänger, gelbe Rosen in das kleine Grab warfen.

Nach ihnen kamen all die Menschen, die Anteil nahmen an dem traurigen Schicksal der kleinen Gerda Jessen, deren wenige sterbliche Überreste man bei den

Abrissarbeiten im Keller der Deichvilla gefunden hatte.

Obwohl die Feuerwehr sehr schnell vor Ort gewesen war, hatte man das Haus nicht retten können. Es war bis auf die Grundmauern abgebrannt. Sobald die polizeilichen Untersuchungen abgeschlossen waren, hatte Fenna den kompletten Abriss der restlichen Ruine veranlasst.

Beim Abtrag des Kellers hatten die Arbeiter einen winzigen fenster- und türenlosen Hohlraum entdeckt. Beim Öffnen des Raumes waren dann die wenigen Überreste eines Kindes gefunden worden, zusammen mit Fetzen eines brüchigen Stoffes - gelbe Seide, wie die anschließende Laboruntersuchung ergab.

Dr. Johann Schuhmann, seines Zeichens forensischer Anthropologe, war hellauf begeistert gewesen, als man ihm den Fund auf seinen Stahltisch gelegt hatte. Das war doch mal eine Aufgabe, die eines echten Knochenjägers würdig war! Eine Herausforderung, die er mit Enthusiasmus annahm.

Anhand der Knochen hatte er Alter und Geschlecht des Kindes bestimmt, woraus sich nach weiteren Untersuchungen, zu denen man eine Genprobe Fennas zu Hilfe genommen hatte, herausstellte, dass es sich um die seit 1886 verschollene Gerda Jessen handelte. Ihr Leichmann hatte also mehr als hundertzwanzig Jahre in dem winzigen Hohlraum des Kellers geruht.

Anhand der Lage und Beschaffenheit der Knochen, denen winzige Proben zu weiteren Analysen entnommen worden waren, konnte Dr. Schuhmann sogar die Umstände des Todes benennen. Der rachsüchtige Kapitän Jessen hatte vermutlich selbst seine kleine Tochter in dem eigens dafür geschaffenen Raum bei lebendigem Leibe eingemauert.

Der Gedanke daran, was dieses arme Kind durchlitten haben musste, ließ Jeanette selbst jetzt noch vor

Schauder zittern und trieb ihr gleichzeitig die Tränen in die Augen.

Jetzt bekam die Kleine ein richtiges Grab in geweihter Erde, wie sie es sich von Fenna und Paulina, als Dank für die Rettung aus dem brennenden Keller, gewünscht hatte. Und hier würde sie endlich ihre Ruhe finden.

Jeanette wischte sich die Tränen aus den Augen, dann hob sie den Kopf und sah zu Fenna und Ibo, die sich an den Händen hielten, während sie den schmalen Friedhofsweg zum Ausgang entlang schritten.

Der Fluch, der über der Deichvilla gelegen hatte, war gebannt. Die beiden brauchten nicht mehr um ihre und um die Zukunft ihrer Nachkommen zu fürchten.

☠ * ☠ * ☠

Lesen Sie auch von Edna Schuchardt:

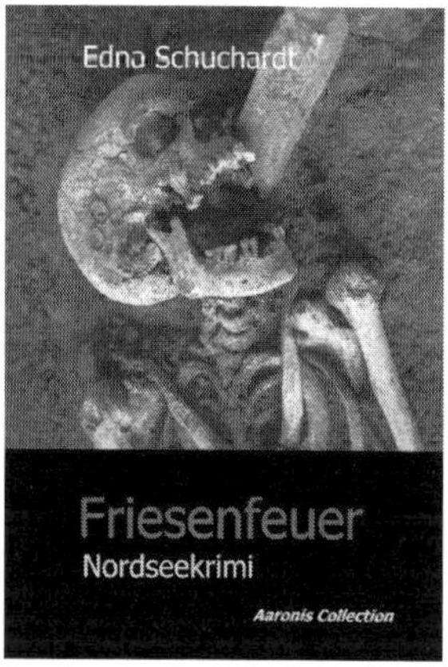

Edna Schuchardt
Friesenfeuer
Ein Nordseekrimi

Seit ihrer Kindheit wird Paulina von schrecklichen Träumen und Visionen heimgesucht. Als man im Deich ein Skelett findet, scheinen sie Wahrheit zu werden. Paulina hat allen Grund, um das Leben ihrer Schwester Ellen zu fürchten, die sich einer geheimnisvollen Sekte angeschlossen hat. Wird sie es schaffen, zusammen mit einer Freundin und Daniel, in den sie sich längst, ohne es zu wissen, verliebt hat, Ellens Leben zu retten? Der Fluch *‚So viele Muscheln es am Strand gibt, so viele Schmerzen sollst du erleiden'*, ist bereits einmal zur grausamen Gewissheit geworden.
ISBN: 978-3-936524-13-0 € 13,80

Aaronis Collection,
der etwas andere Verlag
www.aaroniscollection.com

Auf unserer Homepage finden Sie Bücher und ebooks aus den verschiedensten Sparten. In naher Zukunft können wir Ihnen auch Hörbücher anbieten. Wir freuen uns auf Ihren Besuch.

Aaronis Collection
Postfach 11 49
71544 Aspach

1349707R0008

Printed in Germany
by Amazon Distribution
GmbH, Leipzig